アリクイのいんぼう

魔女と魔法のモカロールと消しハン

鳩見すた
イラスト◎佐々木よしゆき

『最後の戦い』

勃発！

＼新・威嚇のポーズ！／

「なんできみたちはそんなに仲が悪いの！」

デザイン◎鈴木 亨

ARIKUI no INBOU

アリクイのいんぼう

魔女と魔法のモカロールと消しハン

鳩見すた
Suta Hatomi

アリクイのいんぼう

もくじ

ARIKUI no INBOU

普通のママと
モーニング（昼）と訂正印

1

「ごめん新一《しんいち》！　保育園の支度はしてあるから、連絡帳だけ記入して！」

慌ただしくメイクをしながら、寝《ね》ぼけ眼《まなこ》の夫に指示を出す。

「おはようタマちゃん。朝ごはん食べた？」

「もう時間ないの！　ふたりの分は用意してあるから。じゃあね、華美《はなび》。ママお仕事行ってくるね！」

朝のテレビに夢中な娘に、無理やりキスをして玄関を飛びだす。

腰の高さまでふとももを上げ、私は全力で歩道を走った。

数十メートル先で、バスを待っている人々がぎょっとして振り返る。

「すいませんねえ。毎朝鬼気迫るパンプスダッシュの音で。つーかそろそろ一年経《た》つんだから、おまえらいいかげん慣れろ」

などとは決して口に出さず、私は素知らぬ顔でバス待ちの列に並んだ。

「女のくせにみっともない。もっと早起きしたらどうなんだ」

とでも言いたげに、隣の年配男性が咳払《せきばら》いをする。

「ねえおじさん。すべての家事を終えて午前零時に布団へ入ったら、一時間ごとにぐずって起こしてくる三歳児と暮らしたことはある？」

そう返さんばかりに、私は鼻で大きく息を吐いた。

「だったら旦那さんと家事を分担して、少しでも早く寝ればいいのに」

なんて文句を言いたそうに、隣の隣で女子高生がチラ見してくる。

「お嬢ちゃん。最近ようやく社会復帰したけれど、タスクを増やすとまだまだパニックになる病み上がりの夫を愛してから言ってごらん」

そうやりこめる気持ちで、私は大きく胸を張った。

朝にパンを食べる時間があるなら眉を描く。

早起きするくらいなら一分でも長く寝て体力を回復する。

それがワーキングマザーの宿命。たとえ娘がママより「おかあさんといっしょ」を愛するようになっても、宿命だからしかたがない。

やってきたバスに乗る。つり革にありつけないほど車内は混雑していた。誰かが露骨に舌打ちして、ストレスが乗客に伝播《でんぱ》していく。

朝から嫌な気持ちになるけれど、私の通勤地獄は始まったばかりだ。

バスが駅についたら、今度は電車。会社に着くまで都合三回乗り換えて、時間はトータル九十五分。

毎朝本当に息苦しい。でも働く母にとっては、この時間が唯一許されたフリータイムでもあるわけで。

押し合いへし合いの中、私はバッグからスマホを取りだした。

少し前まで、お気に入りの動画配信者がいた。世間に愚痴を吐きながらそばを打つという彼のシュールな動画は、共感とおかしみがあってとてもいい。

でも残念ながら、ここ一年ほどは更新がなかった。つき合っていた彼女にフラれたのがショックらしい。

となればファンにできるのは、たまに動画を見て再生数を増やすくらいだ。「応援してるぜ『そば男』」と、地獄の中から日課の1クリック。

その後はSNSアプリを起動して、ぼんやりとタイムラインを眺める。

子育てママの「あるある」を読んで笑ったり、エンジニアの不遇を見て「うちの会社はマシなほう」と、自分の立ち位置を再確認したり。

「もうちょっと、時間を有意義に使ったらどうですか」

そう言いたいのか、隣のとんがり靴の若者が音を立ててビジネス書をめくる。

「電車の中で生産的なことができるのは、家で休めてる人だけだっつーの」

憤慨の視線を送りつつも、朝から被害妄想ばかりな自分が嫌だ。

そんなタイミングで、スマホの画面に美しい画像が流れてくる。たぶんフランスあたりの、昔の田園風景を描いた絵。

楽しそうに麦踏みをする女たちを見て、思わずため息が漏れた。

専業主婦は都市伝説。いつの時代も母が育児と仕事を両立するのは当たり前。

でも田園の女たちに、地獄の通勤時間はないだろう。

彼女たちは私みたいにわちゃわちゃした生活ではなく、きっと生きていくことを楽しんでいるに違いない。


「おはよう。今日も疲れてるな」

会社に着くと、エレベーターホールで掃除のおじいさんに声をかけられた。

「おはようございます。やだな。顔に出てます？」

「背筋にな。ちゃんと朝飯食ってるか？」

「食べてないですよ。子どもと旦那の分を作るのが精一杯で」

「あんたは働いてるんだから、飯なんて作る必要ない。出来合いでいいから、きちんと家族で食卓を囲め。それが心のエネルギーになるんだ」

「へー。おじいさん、年齢の割には働く女性に理解がありますね」

「誰がおじいさんだ！　私はまだ七十だ！」

三十代の私からすると立派な老人だ。でも人のよさに免じて言わないでおく。

少しだけ上向いた気分でオフィスに着いた。仕事と言えないような事務処理をやっつけていると、あっという間にお昼になる。

さあ、「消毒」しよう。


「私もエプロンで木の実を集めたり、家畜と暮らす時代に生まれたかったよ」

ランチへと繰り出した私は、すぐさま日々のせわしなさを愚痴った。

「どうしたのタマちゃん。ボスの間接ハラスメントにやられた？」

キキは私の同僚で、小学校時代の同級生でもある。当時は仲よくなる前に私が転校してしまったけれど、入社式で偶然再会して親友になった。

「私はまだ統括のターゲットになってないよ。単純に、人間社会はもっとゆったりのんびりできないのかなって話」

「情報化社会を促進してるSEがそれ言う？」

「別に好きでやってる仕事じゃないし。毎日満員電車に乗って、子どもと触れ合う時間もなくて、果たして私は幸せなのかと」

幸せと言えば幸せだけれど、それは愛する家族がいるというだけ。

長い通勤時間がない分、田園に暮らす女たちは私より幸せだと思う。

「気持ちはわかるけどね。満員電車に乗ってる時間って、なんかディストピアものの主人公になった気分だし」

キキは子どもの頃から本好きで、いまも小説を読みながら通勤しているらしい。私は仕事以外で本を読まないタイプだ。空き時間には心よりも体を休めたい。

「ディストピアはわかんないけどさ。通勤時間のせいで会社辞めたくなるよ」

「いいんじゃない？　タマちゃんとこ、住宅ローンないでしょ」

「ないよ。うちは賃貸だし」

「人が会社を辞められない理由の第一位が、住宅ローンなんだって。タマちゃんはわたしと違って身軽なんだから、辞められないわけじゃないよ」

私たちはふたりとも、会社のある川沙希《かわさき》の望口《のぞみくち》出身。

でも、小学生のときに私が埼玉に引っ越した。

キキはずっと望口に住んでいたけれど、結婚して埼玉に戸建てを買った。

その後に私も結婚して、今度は東京の端で公団住宅に住むことになった。

かつての地元で一緒に働いているけれど、私たちはいつも微妙にすれ違っていると
いう関係。縁があるようでないようで、やっぱりあると思える友人だった。
「まあローンはないけどさ。それでもお金はいるわけですよ。新一がいまやってるバ
イト、全然稼ぎないし」
「でもちゃんと収入があるでしょ。タマちゃんが千円のランチを食べるのをやめて節
約して、地元でパートでもすれば、華美ちゃんと過ごす時間も取れるよ」
そういう計算をしたことはある。ギリギリの生活になるけれど、ひとまず生きてい
くくらいはできるだろう。
でもそれだけだ。また新一が働けなくなったら、暮らしは一気に破綻《はたん》する。
「そういうことだよ、タマちゃん」
私の勘定、もとい感情を読み取ったようにキキが言った。
「子育てって、子どもの未来まで考えなきゃいけないでしょう？　義務教育はもちろ
んだし、大学とか留学とかも。習い事で才能を発揮しちゃったら、ちゃんとサポート
してあげたい。逆に二十歳を過ぎても独り立ちできない可能性もあるよね。そう考え
るとお金がいくらあっても不安になるから、独身の人みたいにさらっと辞めるのは無
理だよ。ローンがあってもなくても」

「キキ。さっきと言ってること違わない？」

「だっていきなり核心を突いたら、タマちゃんテンション下がるでしょう？」

キキの家には、華美よりひとつ歳上の女の子がいる。ローン以外は通勤地獄も含めて私と同じ条件だから、会社を辞めたいと思ったこともあるだろう。

そして現実的に、それが無理だと悟ってしまった。そういうことだと思う。

「私だってそれくらいわかってるよ。でもだからこそ！　私は自分へのごほうび的な意味で高いランチを食べているんだっ！　けれどそれでもしんどいっ！　社会の歯車しんどすぎる！」

「だね。着られなくなった娘の夏服いる？」

「いる！　いつもありがとう！　というか通勤時間だけどさ、私たち、せっかく在宅勤務ができる仕事でしょ？　なのにフレックス使っただけで陰口言われるとか、うちの会社意味わからなくない？」

「だね。追加でパクチー盛る？」

「盛る！」

パクチーは私の「毒消し草」だ。私は新一みたいに抱えこむタイプじゃない。おいしいものを食べて友だちに愚痴を吐けば、ある程度は溜飲《りゅういん》が下がる。

たとえキキが露骨な聞き流しモードに入っても、ブームが去ってパクチーを「盛れる」店がここしかなくなっても、私はこうして消毒ができる。

だから食事を終えると、荒ぶっていた気分もいくらかやわらいだ。

「昔はさあ、もっと自由な会社だったよね。キキとふたりで朝まで仕事して、顔テッカテカのまま納品行ったりしてさ」

そのくらい仕事が楽しい時期もあった。「システム構築」の価値がまだ認められにくい時代で、クライアント自身も気づいていない需要を明確にする仕事は、とにかくやりがいがあった。

けれど、そういう仕事はもうない。価格競争の末路はシステムの流用と下請けへの丸投げ。会社が大きくなった分、誰でも同じ仕事ができる。社員に問われるのは技術ではなく、職場内での空気を読む力だ。

「そんなこともあったね。あの頃は仕事がいまより楽しかったな」

「それがいまじゃ、すっぴんで出社しただけで『社会人としての自覚が足りない』とか裏で言われる始末だよ。だったら男も化粧してこいとか思わない？」

そういう時代錯誤な上司がいるため、会社に対する不満は増すばかりだ。なのに辞められないのだから、毒は毎日溜《た》まっていく。

消毒の効果が続くのなんて、ほんの一瞬にすぎない。

「まあ会社も変わるんだよ。タマちゃんが親になったみたいにね」

「キキは悟ってるよね。愚痴も全然言わないし」

「日々に小さな幸せを積み重ねて、不満を相殺《そうさい》しているだけだよ」

「たとえば？」

「仕事中にアメをなめる」

「しょぼ！　というか、電話出るときどうするの。『もひもひ』ってなるでしょ」

「知ってる？　世の中には、棒つきキャンディというものがあるんだよ」

それは盲点だった。ちょっと感心する。しょぼいけど。

「じゃあね、タマちゃん。わたしは会社に戻るから」

「え。もっとぼやぼやしようよ」

「今週は、絶対に定時退社しなきゃいけないんだよね。太郎《たろう》くんが出張で、娘のお迎え行けないから。だからタマちゃん、明日からひとりランチでよろしく」

きっちり千円を置いて席を立つキキ。

「……それから、来週まではストレス解消しといてよ。いつものことだとわかっていても、辞めるなんて言われたらドキッとするんだから」

子どもの頃からそうだけど、キキはクールなふりして感情が「色」に出る。

明日からはさみしくなるけれど、悟った友人の赤い耳を見て少し心がなごんだ。

「あ、二子《ふたこ》さん……って、なんでアメ食ってんですか」

自席でぼやぼやしていると、後輩社員に声をかけられた。

結婚して私の姓は「二子」になっている。なかなかの珍名だと思うけれど、個人的には気に入っていた。なぜなら旧姓はもっと説明が面倒くさいから。

「知ってるかい、青葉《あおば》くん。棒つきキャンディなら、電話に出ても『もひもひ』ってならないんだぜ」

「そういう問題なんですかね。ここ会社ですよ」

「会社だから必要なんだよ。てかなんか用事？」

「用事っていうか、さっき統括が呼んでました」

「げ」

統括マネージャーは私たちのボスだ。いつも眉間にシワを刻んで、あからさまに近寄りがたいオーラを発している五十代。愛社精神がお高めで、おまけに女性蔑視傾向があるという例の時代錯誤な上司。

とはいえコンプライアンスは気にしているらしく、統括は部下を人前で罵倒したり嫌がらせしたりはしない。

その代わり、本人のいない場所でネチネチと陰口をたたくのだ。

先日も育休から復帰したばかりの女性社員が、

『時短で働くくらいなら、さっさと辞めてくれりゃいいのに。あの子の給料で契約社員を雇えば、みんなが幸せになるってわかんないのかなあ』

という「ストレートなマタハラ」を、「後輩から噂《うわさ》の体《てい》で伝え聞いて」、泣く泣く無給の育休延長を申請している。

だから統括に呼ばれても、私がその場で怒られることはない。

あとから風に乗って、自分の悪口が漂ってくるだけだ。

「ああ気が滅入《めい》る……」

人づてに自分の悪いところを聞くと、みんなもそう思っているのかと疑心暗鬼になる。当社比三倍は心が病んで、誰もが出社したくなくなるらしい。

とはいえ家族を養う人々は、病める前に辞める選択もできないわけで。

『来世では、人間以外の哺乳類になりたい』

とは、以前の女子会でキキが吐露した本音だ。悟りきった親友ですら、統括の間接攻撃はたやすく聞き流せない。いわんや私をや。

「とりあえず、行ってくるよ……」

処刑台へ向かうような気分で、私は統括の席へ赴いた。

「統括マネージャー、お呼びでしょうか」

「ああ、二子さん。わざわざすまないね。こっちから行こうと思ってたんだ」

資料から顔を上げた統括は、私を見るなり疲れた顔をした。

「二子さんは、訂正印を持ってないのかな」

「訂正印、ですか」

それっていわゆる、訂正用のハンコのこと？　間違って書いた文字に二重線を引いて、その上にポンと押すあの小さいやつ？

「総務に出す書類でときどき使うでしょう。二子さんが押してるこれは、いわゆる認め印のサイズだよね。専用の訂正印よりも一回り大きい」

統括が見せてくれたのは、私が以前に提出した保険関係の書類だ。新一が療養する際に、娘を私の扶養に移すために書いたものだと思う。

「すみません。旧姓のはあるんですが、結婚後は認め印で済ませていました」

「珍しい姓だからしかたないね。ただね、総務のほうで色々トラブルになっているらしい。書類のフォーマットにも問題があるけれど、記入欄が狭いから押した印がほかの字にかぶってしまうそうだよ」

私は老眼なので見えないがと、統括は書類を遠ざけたり近づけたりしている。渋柿でも食べたようなしかめ面が怖い。些末《さまつ》な問題にわずらわされるのが不本意なのだろう。「我が社も電子決裁を」、などと言える空気ではなかった。

「わかりました。早急に訂正印を作製します」

「申し訳ないね。本来は会社で支給するべきだが、改姓後の再支給までは予算に入っていないらしい。個人の負担でよろしくお願いします」

頭を下げて辞去したものの、なんだかもやもやした気分だった。

だって、私が結婚したのは四年も前の話。それから今日までの間に、総務には山ほど書類を提出している。訂正箇所に押したハンコだって相当なもの。

それをなぜ、いまになって指摘してくるのか。

不安が、じわじわと渦巻く。

昨今、我が社の業績は右肩下がりだ。社員の間では、『生産性の低い人間がリストラされる』なんて噂が、まことしやかにささやかれている。

そんな中、私は育児を理由に展示会への出張を断った。給与査定の面談でも、自己目標を低めに設定している。残業をしたくないから。

会社としては多めの退職金を払ってリストラするより、社員が自己都合で辞めてくれるほうが望ましいだろう。たとえば心を病んだりとかで――。

もしかして、私は統括のターゲットにロックオンされたんだろうか？

訂正印を作らせるのは、ダメ社員に自ら不適格の烙印《らくいん》を押させる符丁？

今後の私は間接的に自分の悪口を聞かされて、退職に追いこまれるの？

被害妄想だと思いたい。でもいまの会社にはそういう空気がある。

その後の私はアメを舐《な》めるのも忘れ、戦々恐々と仕事をした。

「ただいま。華美ぃ、ママ疲れたよー」

帰宅してぐったりと抱きつくと、娘は素っ気ない表情でこう言った。

「ごはん」

「つ、作るから。ママごはん作るから。ちょっとだけいやし成分を補給させて」

「タマちゃんお帰り。会社で嫌なことあった？」

冷たい娘に覆いかぶさっていると、新一が心配そうに声をかけてくる。

「なんでもないよ。ちょっとストレス溜まっただけ。会社遠くて」

「無理してない？　最近ちょっと痩せたみたいだし」

「ようやく産後太りが解消されたんだよ」

「ごはんだって、僕が作って待ってたっていいんだよ？」

本当は作っておいてと頼みたい。でも新一は病み上がりだ。あまり責任を押しつけると、無理をしてしまうかもしれない。いまはアルバイトをしながら、子どもの面倒を見てくれるだけで十分。

それに家族の食事を用意するのは、私の精神衛生のためでもある。出来合いでなければ、溺愛だと思える。

「……よし、補給できた。ママごはんの支度するね」

夫のつらかった日々に比べれば、私のストレスなんてたいしたことはない。

2

いつものようにバス停まで走り、電車の中で田園に思いを馳《は》せ、足を引きずるように会社にたどり着くと、私は自分の端末でブラウザを立ち上げた。

『望口　印鑑』

検索窓に、そんな単語を入力する。

昨夜は帰宅してから訂正印を作るつもりだったけれど、疲労に勝てなかった。なので会社の近所でお店を探して、昼休みに注文しようという目論見《もくろみ》。

「全然ないなー。子どもの頃は駅前にハンコ屋さんあった気がするけど」

表示された検索結果は、ネット注文のお店ばかりだった。マップ画面に立っているピンは、商店街の奥に一本だけ。

「おはようございます。二子さん、朝から私用ですか？」

背後から声をかけられ、思わずどきりとなった。

「お、おはよう青葉くん。私用じゃなくて仕事だよ。ハンコ作るの」

「でもサムネ画像、明らかにスイーツですよ。会社にきたら仕事しましょうよ」

そんなバカなとモニターに目を戻す。

「ほんとだ。『印鑑』で検索したのになんで？」

バルーンテキストに書かれた『有久井印房』という店名の下には、なぜかおいしそうなケーキの画像が並んでいた。

「……それより質問いいですか。要件定義のレビューなんですけど、進め方がよくわからなくて」

「ああ。青葉くん、まだやったことなかったっけ」

青葉くんは二年目の若手社員で、うちのチームには最近配属されたばかりだ。前はキキの下にいたのだけれど、ちょっとごたごたがあってこっちにきている。

別に、青葉くんがなにかしたわけじゃない。

キキのチームにいた男性社員で、ぼちぼち面倒な人がいた。当時のキキはプロジェクトマネージャーで、ことあるごとに彼と意見が対立したらしい。

『若いくせに、考え方が昭和なんだよ彼。女上司がいけ好かないみたい』

それが当時のキキの弁。私の親友は温厚な性格だけれど、仕事においては頑固なところがある。職人気質な人間は、いまの会社だとちょっと生きにくい。

すったもんだの挙げ句、男性社員は転職した。新人の面倒は主にその男性社員が見ていたため、誰かの忖度《そんたく》で青葉くんはうちにきた、という案配。

で、現在は私が彼のご指導ご鞭撻《べんたつ》をしている。

その若さゆえか、青葉くんはやる気があってたいへんよろしい。ただちょっと意識が高すぎるというか、頭が固くて扱いにくいところもある。

さっきも私を白い目で見ていたけれど、青葉くんは朝っぱらからスイーツを検索していた先輩を軽蔑しているはずだ。でもその誤解を解けないくらい、私たちのコミュニケーションは不足している。

とはいえ、後輩の育成は大事な仕事だ。苦手な相手ではあるけれど、教育途中ではったらかされた彼に同情もしている。

「おっけ。じゃあミーティング部屋行こうか」

愛社精神なんて失って久しいけれど、私にはこの子を一人前にする義務がある。人として苦手だけれど、人としてそう思う。

昼に作業が一段落すると、私は仕事中のキキに手を振って会社を出た。

目的地はさっきネットで探したハンコ屋さん。別に通販でもよかったけれど、青葉くんに誤解されたままなので物的証拠がほしかった。

それにあの辺りなら、ついでにランチも食べられるし。

スマホを片手に望口商店街を南へ歩き、ここらへんかと辺りを見回す。

「おお、春だね」

見晴《みはらし》用水の両脇に、枝垂れ桜《しだれざくら》のアーチができていた。

シュシュみたいに咲くソメイヨシノもかわいい。でも子ども時代を望口で過ごした私にとって、桜と言えばやっぱりこれだ。

しばし花を見て郷愁に浸る。やがて目的を思いだし、もう一度周りを見た。

「おっ……ん？」

商店街と交差する角地に、お目当ての店を発見する。

けれど、ちょっぴり様子がおかしい。

有久井印房

そんな屋号が書かれたひさしの下には、赤いレンガの建物があった。

窓には赤や緑の透かし模様が入っていて、下の花壇にミモザが植わっている。

花壇の隣には丸いテーブルが置いてあり、小さな黒板にこう書かれていた。

『本日の手作りケーキ　モカロール　※売り切れました』

完全にカフェだ。しかもおいしそうな雰囲気。

ということは、ハンコ屋さんはもう移転してしまったのだろう。前のお店の名前が看板に残ってるごはん屋さんって、たまに見かけるし。

一応お店の人に尋ねてみようかと思案していると、折よくドアが開いた。

「いらっしゃいませ。本日はお食事ですか？　ご印鑑ですか？」

お店から出てきたのは、白ブラウスに黒スカートというファッションに身を包んだ女の子だった。一見すると二十歳くらいのカフェ店員さんだけれど、頭の横にはなぜか犬っぽい耳がくっついている。

「いま『印鑑』って言いました？　ここって喫茶店じゃないんですか？」

「その両方です。有久井印房はランチも食べられるハンコ屋さんで、人によってはいやされちゃったりするかもしれません。いらっしゃいませですか？」

なにその私に好都合なお店。逆にうさんくさすぎる。

「働くお母さんは疲れますよね」

私がいぶかしんでいると、女の子が唐突に言った。

「外では仕事をがんばらなきゃいけない。家ではママをやらなきゃならない。もう朝から晩までずっと動き続けていて、わたしはマグロかって思っちゃいますよね」

店員さんがしれっと変なことを言うので、思わず吹きだす。

「そんな多忙を極めるママさんに対し、ハンコの打ち合わせをしつつ、やすらぎのひとときも提供する。それが当店のモットーです……という営業トークでお客さまを釣ろうとしていますよ？」

「マグロだけに」

女の子の言葉に続き、誰かがぼそりとつぶやいた。

辺りに人はいないので、声の主は店の中らしい。

「冗談はさておき、面倒ごとのつもりでハンコを作りにきたお客さまに、当店は思いのほかくつろいでいただけると思いますよー」

ぶっちゃけたおしゃべりといい、頭につけた耳といい、変わった店員さんだ。

でも私が首からぶら下げたＩＤカードや、スマホの待ち受け画面が三歳児であることを抜け目なくチェックしてもいる。

「このお店で、訂正印を作ってもらうことはできますか？」

信用できるとはいかないけれど、私は彼女に好感を持った。ほかのハンコ屋さんを探すのも面倒だし、できるなら食事も含めてここですませたい。

「もちろんです。カウンターのお席にどうぞ」

女の子が店の中へ戻っていく。よく見ると、お尻に丸いしっぽがついていた。あの耳にしっぽということは、ウサギのコスプレなのかもしれない。

ほかの店員さんもそうなのかなと、店内を見回す。

明るすぎない空間には、温かみのある木のテーブルがいくつかあった。ウサギの彼女以外にウェイトレスはいない模様。

ランチタイムにしてはちょっとお客さんが少ない。でも私と同年代の女性もちらほら見えるので、思ったよりは普通の店のようだ。

ほっとしながらカウンターの席に座ると、正面から声をかけられた。

「いらっしゃいま――」

「うわあ！」

私が食い気味に悲鳴を上げたのもしかたがない。

だってカウンターの向こうにいるのは、シロクマ……にしては少し小さい。犬……にしてはちょっと面長。いやもうなんでもいいけれど、とにかく私の目の前には、見たこともない白くてふわふわした生き物がいたから。

「大丈夫、ですか……？」

白い生き物も私の声に驚いたようで、カウンターの向こうで体を縮めている。

「な、なに？　動物？　ぬいぐるみ？」

「店長の有久井《ありくい》と申します。ミナミコアリクイです」

白いふわふわが、ぺこりと頭を下げた。

いまこの白いの、しゃべった？　なんかミナミコアリクイがどうとかって、自己紹介した気がするけれど。

いやいや、思い違いだろう。ぬいぐるみにせよ動物にせよ、普通はしゃべるわけがない。いつもの癖で、私が脳内でアテレコしちゃっただけだ。

「本日はどのような印鑑をお求めでしょうか」

あれ？　やっぱりしゃべってる？

「訂正印がほしいそうですよ。お食事もなさいますか？」

ウサギの店員さんがメニューを広げ、水の入ったコップを置いた。

「最近メニューが増えたんですよ。ね、店長？」

「はい。近所のパン屋さんとご縁がありまして。ピザトーストがぐっとおいしくなりました。クラブハウスサンドもおすすめです」

ふっさりした白い腕が伸びてきて、メニューの一部を黒い爪で示す。

いまこの白いのと、店員さんの会話は成立していた。ということは、私が脳内でアテレコしているわけじゃない。じゃあ店員さんの腹話術かなにか？

いや、声はいかにも穏やかなおじさんだった。女の子が出せるものじゃない。それならどういうカラクリなの？

私は混乱のままにメニューから顔を上げた。白い生き物と目が合う。

ちょっと小首を傾《かし》げた様子はかわいらしい。得体の知れない存在だけれど、思わず触れたくなる愛らしさがある。

「それでは、ご注文が決まりましたらお呼びください」

白いふわふわが会釈して、厨房《ちゅうぼう》の中を移動した。お尻には案外と長いしっぽが生えている。そういえば、アリクイと名乗っていたっけ。

「どうですか。うちの店長、いやされませんか？」

ウサギの店員さんがすました顔で言う。

「どうっていうか……アリクイって動物ですよね？　なんで動物がカウンターの中にいて、おまけにしゃべってサンドイッチを勧めてくるんですか？」

「アリクイは動物です。カウンターの中にいるのは店長だからです。サンドイッチはおいしいからでしょうね。個人的には『たまごサンド』が好きです」

「いま全部答えたと見せかけて、肝心なところだけ省略したよね？」

問い詰めると、店員さんがふっと悲しげな顔になった。

「わたしにだって、わからないことくらいありますよ……」

「聞いちゃいけない雰囲気作って、ごまかそうとしてない？」

「お客さん、初対面なのにぐいぐいきますね」

「子どもの頃からよく言われる。それよりどういうことなの？」

「しかたありませんね。それでは左手をご覧ください」

言われるままに目を向けると、カウンターの端にノートパソコンがあった。

その前の席に、茶色い生き物がちょこんと座っている。

とろんと眠たげな目。ふもふもと動く口。この生き物は私も知っていた。

「カピバラ？」

「かぴおくんは当店のデザイナーですが、まかないでめちゃめちゃからいカレーを作ることでおなじみです。今度は右手をご覧ください」

私は唖然《あぜん》としたまま首を動かした。

一番奥のテーブル席に、今度は古くさいタイプライターが置いてある。

それをせわしなくつついているのは、どう見てもハトだ。

「鳩なんとかさんは常連さんです。本業は小説家なんですが、最近は体に白いペンキを塗って、毎日手品師さんのところでバイトをしています」

そこでハトが、チーンとタイプライターのベルを鳴らした。

「すみません。バイトは毎日じゃなくて週二だそうです。どうでもいいですね」

確かにどうでもいいけれど、いまこの子、ハトと意思疎通しなかった？

「まあうちはこんなお店なので、お客さんも深く考えないほうがいいですよ。世の中には、『解けてもよくわからない謎』もありますから」

言葉の後半部分で、店員さんは窓の外を見た。

通りをはさんで店の向かいに、一寸堂《いっすんどう》という文具店がある。その端にある電柱の陰で、頭に三角巾をした女の子がこちらをうかがっていた。

見るからに怪しいけれど、格好からするとパン屋の店員さんだろう。さっきアリクイが言っていた、『ご縁のある』お店の人かもしれない。

「ところでお客さま。お時間は大丈夫ですか？」

店員さんに言われて時計を見ると、昼休みが三分の一ほど過ぎていた。

朝だって食べていないのに、昼ごはんまで抜くわけにいかない。もろもろの謎はさておき、ひとまずなにか注文しよう。

早速メニューを検討すると、コーヒー紅茶といった飲み物のほかは、ナポリタンやパンケーキといった、よくある喫茶店のラインナップだった。

けれどそのいかにもなメニューのひとつに、私の目は吸い寄せられる。

『モーニングセット（パン・卵・コーヒーか紅茶）　５００円』

ここのところ、朝はまともに食べていなかった。トーストに卵なんて朝食は、もう何年もごぶさたしている。

田園生活への憧れに似た感覚が、喉の奥からわきあがった。

でも残念ながら、一般的にモーニングは朝しか食べられない。居酒屋さんのランチメニューと同じで、時間限定のサービスなはずだ。

私がぬかよろこびにがっくりしていると、店員さんがにやりと笑った。

「ちなみに当店では、終日モーニングをお出ししています。卵は目玉焼き、スクランブルエッグ、ゆで卵の三種類から——」

「モーニングセット！　コーヒーとゆで卵でお願いします！」

急いで頼まないとなくなりそうな気がして、慌てて注文した。

「かしこまりました。少々お待ちください」

気ぜわしい私と正反対の、落ち着いた返事が厨房から返ってくる。

とはいえカウンターの中を見ると、ちょこまか動いているのは白いアリクイだ。

『アリクイ　白い　しゃべる』

こっそりスマホで検索してみると、目の前のそれより大幅に細いアリクイの画像が出てきた。けれどエプロンに似た模様は同じなので、ひとまずこの白いのは「ミナミコアリクイ」であるらしい。

ちなみに「しゃべる」という単語は、ブラウザ側で余分条件として打ち消し線を引かれた。だよねえと、心の中で訂正印を押す。

店員さんは『深く考えるな』と言ったけれど、やっぱり動物がしゃべるのはおかしい。私が夢を見ているのでなければ、なにか仕掛けがあるはずだ。

考えて、はたと思いつく。

最近は、「バーチャル動画配信者」というものがはやっている。

配信者が自分の体に3Dモーションキャプチャーを装着して、ゲームの実況などをする。すると視聴者が見ている画面のキャラクターに、配信者の動きがリアルタイムで反映されるという仕組み。

この技術を使えば、男性が美少女キャラになりきることも可能だ。当然、おじさんがかわいいミナミコアリクイにだってなれる。

ただし、それらはあくまでモニターの中の話。

私がいつの間にかVRゴーグルをかぶっていたのでなければ、このカウンター全体がモニターになっているということだろう。

そう考えると、『解けてもよくわからない謎』という言葉も腑《ふ》に落ちた。

仮想現実という仕組みは、知識がないと理解が難しい。ウェイトレスさんのたとえは言い得て妙だ。

「お待たせしました。モーニングセットです」

見るからにふんわりした手が伸びてきて、私の前に注文を並べる。

「すごい質感……めちゃくちゃ描きこまれてる」

私はアリクイの手をじっくり見つめた。仕事柄この手の技術はまめにチェックしていたけれど、当世の進化スピードには本当に驚かされる。

それに、アリクイの「中の人」もすごい。

注文を並べたのは生身の人間のはずなのに、私にはアリクイがそうしたようにしか見えなかった。早業《はやわざ》なのか死角を突いたのかは不明だけれど、最近の小学生が動画配信者に憧れるのもわかる。

以後は私も敬意を表し、「アリクイさん」と呼ぶことにしよう。

ひとまず疑問がすっきりしたので、私は厚切りのトーストを手に取った。

「ああ、どうして！　どうして焼いたパンの匂いをかぐと、人はこんなに幸せな気持ちになれるのかしら！」

そんな村娘のセリフを言いたくなるような小麦の香り。

そこに溶けたバターの芳《かぐわ》しさも漂ってきたので、私はたまらずかじりついた。

「やだ、すごいおいしい……！」

思わずおばさんみたいなセリフを口走る。

カリッとした外側の食感、からの、あったかふんわり、アンドもちもち。

大枠で分類すれば味は「甘い」だけれど、私はこれを「太陽の恵み」と言いたい。

ふわふわと幸せな気分に浸りながら、続いてゆで卵に手を伸ばす。

ふと、冷静になった。花も恥じらうとはいかないけれど、私も一応女性なわけで。

さすがに人前でゆで卵にかぶりつくのは、いかがなものだろう。

もちろん、頼んでおいて食べないなんて選択肢はない。けれど人目は気になる。

私は周囲の様子をうかがい、自分に向いた視線がないことを確認した。

よしと、殻をむいてひとくちほおばる。

「うわ……おいしい」

かろうじておばさんセリフは言わなかったけれど、その味にびっくりした。

黄身がとろけない、でもパサパサはしていないという、いい案配のゆで加減。最近はやりの浸透圧ゆで卵というやつで、すでに絶妙な塩味が施されている。しょっぱすぎず薄すぎず、かじるとほどよくパンが恋しくなる感じ。

おまけにこのゆで卵は、きちんとエッグスタンドに立ててあった。ささやかな演出だけれど、人が作った朝食でもてなされている実感に心が安らぐ。

　脳内の麦畑で深呼吸しながら、私は昼のモーニングをすっかり平らげた。トーストが厚切りなおかげで、満腹感もきちんとある。食後のコーヒーも、ほっとするような苦みと酸味のバランス。

　この喫茶店、さりげなくごはんレベルが高い。五百円でここまで満足できるランチって、この辺りではほとんどないと思う。

「訂正印をご希望とのことですが、お名前をうかがってもよろしいでしょうか」

　アリクイさんが紙とペンを差しだしてきた。そういえば、ここはランチも食べられるハンコ屋さんだっけ。なんだか不思議な感じがする。

「二子さんは、認め印をお持ちですか？」

　私が書いたフルネームを見ながら、アリクイさんが尋ねてくる。

「持ってるんですけど、認め印だと書類の欄からはみ出すから、訂正印を作ってこいと言われまして。社内文書の書式が詰め詰めなんです」

「なるほど。でしたら訂正箇所にではなく、欄外に押印する方法もありますよ」

　欄外と聞いてもピンとこなかった。表情で疑問を伝える。

「一般的に訂正印は、訂正する箇所に二重線を引き、その部分にかかるようにハンコを押します。ですが押印できる余白がない場合は、こんな風に、書類の欄外に押すことも可能です」

アリクイさんがペンを動かした。『有久井陰謀』という文字の『陰謀』が二重線で消され、上に『印房』と訂正される。

そして訂正箇所と離れた隅のほうに、『2字削除』、『2字加入』という文字が書かれた。そこへ『有久井』と読める丸いハンコが押される。

「これでオーケーなんですか？　銀行とかでも」

「本来、訂正印に厳密なルールはありません。ただ慣習もありますので、訂正方法を統一している組織が多いと思います」

うちの総務はまさしく「前例主義」だ。でもルールとして間違ってないなら、別に訂正印を作らなくてもいい気がする。

「ちなみに、訂正印はおいくらくらいでしょうか」

「当店はすべて手彫りですので、印材次第になります」

カタログでも見せてくれるのかと思ったら、アリクイさんはさっきまで私が見ていた食事メニューのページをめくった。

現れた二ページ目に、柘《つげ》やら黒水牛といったハンコの素材が並んでいる。

値段はまさしくピンキリ。しかしなくてもいいものに払うお金と考えると、我が家の台所事情的にやや許容しがたい。

「すみません。色々教わっておいてなんですが、もう少し考えてみます」

「お気になさらないでください。ハンコは必要になったときに作るものですから」

なんて人間のできたアリクイだろうと感心して、笑う。

私はうっかり、アリクイさんを現実の存在のように錯覚していた。


「昨日のスクランブルエッグもふわふわでおいしかったけれど、やっぱりモーニングにはゆで卵が一番しっくりくるわあ」

結局訂正印は作らなかったけれど、翌日以降も私は有久井印房にきていた。

ハンコを作ろうと思い直した、なんてことはなく、おいしい昼のモーニングや従業員の人柄も含め、このお店が気に入ってしまったから。

「わたしは、ターンオーバーをパンに挟むのが好きですねー」

ウサギ店員の宇佐《うさ》ちゃんとも、すっかり打ち解け仲よくなっている。

「あー、両面焼きいいよね。でも目玉焼きはごはんで食べたい派だなー、私」

「タマさんは、卵がお好きなんですね」

「卵も好きだけど、私は有久井印房が気に入ったんだよ」

こんなに素敵なお店なのに、混み合うこともなくいつもくつろげる。宇佐ちゃんたちも基本的にのんびりで、麦畑の村娘みたいな理想の働きかた。

おかげでアリクイさんが両手で卵をそっと抱えたり、つぶらな瞳でじーっとコーヒーが落ちるのを待つ姿を見るだけで、じんわりと心がいやされる。

有久井印房で過ごす時間は、お風呂にゆっくりつかるのに似ていた。毒気を吐いてすっきりするんじゃなくて、心があたたまって疲れが消えていく感じ。

そのせいか、「最近顔色がよくなったね」と新一にも言われた。それまで悪かったなら教えてよと思ったけれど、いまがいいならよしとしよう。

会社を辞めないために、キキは『小さな幸せを積み重ねる』と言った。だったらこのお店は効果てきめんだと思う。来週からはふたりでいやされにこよう。

そう思っていたけれど、私たちのいやしランチが実現することはなかった。

キキが、会社を辞めてしまったから。

3

「いや、辞めてはないよ?」

噂を聞いてすぐに電話をすると、キキは実にあっけらかんとしていた。

「ボスに辞めますって伝えたら、しばらく休めって言われただけ。というかタマちゃん電話早いよ。いま報告のメッセージを書いてたところなのに」

「待ってキキ。辞めるってなんで？　だって少し前に、辞めたくても辞められないって話したばかりでしょ」

「具体的な悩みがあったらタマちゃんに相談したよ。今回は突発的というか、ちょっと疲れちゃったんだよね。家も遠いし、今週ずっとワンオペ育児だったし。その上ボスの間接ハラスメントを人から聞いて、もういいやってなっちゃった」

キキはなぜか統括の標的にされていたので、私も青葉くんから間接的に悪口を聞くことがあった。めったに愚痴を言わない親友も、そういうときは「聞いてよタマちゃん」と弱音を吐いたこともある。

「でも辞めちゃったら――」

続く言葉を私は飲みこんだ。

「……そうだね。たいへんだったね。とりあえず、ゆっくり休んで」

これはキキなりの「消毒」なんだと思う。私とはやりかたが違うだけ。だからそれを引き留めたりはできない。

私たちのようにうまく毒を吐き出せなかった新一は、ある朝どうしても靴を履けなくなった。靴を履けないことが悔しいと、子どものように泣き叫んだ。

医師による診断結果は「うつ病」。

新一も私と同じエンジニアで、当時は複数の案件を担当していた。会社が無理をさせたわけではなく、勝手に責任を背負いこんでしまったらしい。

その頃の私は育休明けで忙しく、夫がそんな状態であることに気づけなかった。一緒に幸せになろうと誓ったはずなのに、私は自分のことで精一杯だった。

自分が情けなくて、悔しくて、新一の見ていないところで死ぬほど泣いた。

夫のうつは、私が防げたかもしれない病だ。

「わたしは大丈夫。でもタマちゃんも気をつけて。いいかげんやばいよ弊社」

キキの声がやけに明るい。私が新一のことを思いだしていると察したのだろう。

「やばいって、統括になに言われたの？」

「『女は子育てを免罪符に楽してる。今後は採用を控えるべきだ』って言ったらしいよ。わたしに言わせれば、会社で仕事だけしてるほうがよっぽど楽だけどね」

「それ時代錯誤を通り越して、もはやただの女嫌いだよ」

「『働く女性』って言葉があるでしょう？　『働くママ』でもいいけれど、この言葉が文字通りの意味でしかなくなるまで、差別的な見方はなくならないよね」

キキの言葉には、働く女が「特殊」であることのニュアンスが含まれている。

大昔から、子育てをしながら働く母親は普通だった。いまも普通だ。長い歴史の中で、ほんのいっとき専業主婦という文化があっただけ。

なのに「働くママ」という言葉は、「働くパパ」と意味が違う。

その対義語は、「子育てしないパパ」になるだろう。そういう男たちが、「普通のママ」を職場から追いだそうとしている。

まったくもって腹立たしいけれど、いまはそんな話をしたくない。

「ところでキキ、小さな幸せを積み重ねるのにいいお店を見つけたよ。そこへ通うようになったら、新一に顔色よくなったって言われちゃった」

私の親友に必要なのは、傷ついた心をいやすことだ。

「それ、わたしがタマちゃんに言ったことが間違ってたよ。ストレスは小さな幸せで相殺するんじゃなくて、元を絶たなきゃダメ……やっぱり辞めようかな」

それを言ったら身もふたもない。

キキは昔から、自分が間違っていると気づいても譲らなかった。辞めるという選択の是非はともかく、しばらくそっとしておいたほうがいいだろう。

「とりあえず、いまはなにも考えないでぼーっとしてなよ。心を亡くすと書いて『忘れる』って読むんだぜ」

「……うん、ありがと。でもごめんね。タマちゃんには、わたしの分の仕事が回っちゃうね」

「それは大丈夫だから。とにかくいまはゆっくり休んで」

そう答えて電話を切ったけれど、実際は大丈夫ではなかった。

もともと私は、なるべく残業をせずに納期ギリギリで間に合わせるスタイル。

そこへキキの案件も回ってきたから、いままでのようにお気楽ではいられない。

昼休みもパンをかじりながらの仕事仕事で、毎晩遅くまで残業。

朝の余裕はますますなくなり、娘にキスもできない日々が続く。

そうしてストレスが限界を超えたその日、私はついに壊れ始めた。

「タマちゃんおはよう。昨日、華美が初めて二語文をしゃべったんだよ。『パパ、ジュース』って」

新一に「そうなんだ」とだけ返し、私は急ぎ足で玄関へ向かう。

「あ、待って。タマちゃん、今夜も遅くなる？」

「早く帰れるわけないでしょ！　新一はいいよね。子どもの面倒だけ見てればいいんだから。そりゃ私よりも華美に好かれるよね」

「僕は、そんなつもりじゃ……」

「お金を稼いできます」

あてつけがましく当たり散らし、いつも以上にパンプスを鳴らして走る。

華美はしゃべり始めるのが遅く、夫婦でずっと心配していた。二語文をしゃべったというのなら、その内容がなんであれ喜ぶべきだ。

お金の話だってするべきじゃない。新一の仕事は病気を治すことだ。

それがわかっているのに、感情が抑えられなかった。

情緒不安定とはこういうことを言うのだろう。

思いもよらず、私は電車の中で泣いてしまった。けれどいったん降りて休む時間もないので、唇を噛《か》んで九十分耐えた。

「大丈夫ですか。二子さん、真っ青ですよ」

会社に着くなり、青葉くんに心配される。

「忙しいんだから当然でしょ。きみも口より手を動かして」

隣も見ずに、私は黙々とコードを精査した。

私の場合は心を亡くすと書いても、「忙しい」でしかない。

「仕事が忙しいのは、突然有休取って仕事ぶん投げた女性社員のせいですよ。それ以前だって残業とかしてませんでしたし、いい気なもんですね」

キキが辞めようとしていた話は、たぶん統括と私しか知らない。だから青葉くんからすると、キキが身勝手な女に映るだろう。昼休み返上で働いても、結局人が評価するのは残業だ。

「統括も言ってましたよ。これだから女には責任のあるポジションを任せられないって。生産性を考えたら、とっととクビにすべきだって」

青葉くんも心を亡くしているのだろう。言葉を返せば不毛な争いになる。

けれど、感情が制御できない。

私は青葉くんの中の統括をにらみつけた。

「そうやって男が女を性別でしか見ない結果が、このクソ忙しさだよ」

独身でいれば「結婚しないのか」と追い詰めるくせに、結婚した途端に厄介ものと揶揄《やゆ》しだす。きっとその類の男は、こう考えているに違いない。

if (who==male) { //そいつは男か?
　System. out. println ("そいつは人間だ");

```
} else {　// 男じゃないなら
    System. out. println（"そいつは人間じゃない"）;
}
```

「それはしょうがないんじゃないですか。男は結婚しても『仕事どうするの？』って聞かれませんし。女の人はデフォで辞めるって選択肢がありますから」

どうやら青葉くんも、「その類」らしい。

「子どもの意見だね」

「そういう二子さんは、大人なんですか。仕事中にアメを舐めたり、ケーキ屋を検索したりして。今月だって、二回も遅刻しましたよね？」

「それでも私は大人だよ。子どもがいるから」

寿退社なんてできる時代じゃない。女が会社を辞めて気楽なわけがない。子どもの未来に対する不安で、キキはいまもおびえているはずだ。

「既婚者って、みんなそうやってマウント取りにきますよね。子どもがいるかいないかなんて、仕事に関係ないでしょ。そんなの能力でもなんでもない」

「能力もない二年目社員が、ずいぶんご立派を言うね」

納期間際の険悪な空気は、別に私たちの間だけじゃない。ほかの島にも、会議室にも、誰もいないサーバールームにだって、鬱憤は満ちている。

「二子さん、統括が呼んでますよ」

女性社員が声をかけてきた。思わず「はぁ⁉」と怒声が出る。

「す、すみません。わたしは頼まれただけで……」

机に手をたたきつけて席を立つ。大股で統括の席へ向かう。

「お呼びですか、統括マネージャー。いまクソ忙しいんですが」

統括の眉間に、いつも以上のシワが寄った。

「悪いね、二子さん。先日の訂正印の件なんだ。あなたは欄外に押すようにしたみたいだけれど、それだと処理ができないって総務のほうから――」

「わかりました！　すぐに作ります！」

急いで席に戻ると、青葉くんがぼそりと言う。

「そういえば、誰かが言ってましたよ。『訂正印は大人のたしなみだ』って」

無視してバッグをつかみ、カツカツと音を鳴らしてオフィスを出た。

会社に勤めて早数年。いまよりどうでもいい問題に頭を悩ませたり、もっと理不尽な状況で泣いたこともある。

でも、昔とはなにかが違った。

どうしてかいまは、叫びたくなるくらいにつらい。

有久井印房にきたのは、およそ二週間ぶりだった。

うるさすぎず、静かすぎない、いつもと同じ居心地のいい店内。

私はモーニングセットを頼み、至高の卵と麦香るトーストを食べた。

ランチタイムでわたわたしているアリクイさんを眺め、おいしいコーヒーをゆっくりと味わった。

おかげで乾いてささくれた心に、少しだけ潤いが戻った気がする。

「タマさん久しぶりですねー。最近お忙しいんですか？」

「人が減るとどうしてもね。宇佐ちゃんたちがうらやましいわ。有久井印房はいつものんびりしていて」

言ってから、ちょっと嫌味っぽかったと反省した。有久井印房のいやしパワーを持ってしても、亡くした心はそう簡単に戻らない。

けれど宇佐ちゃんは気に留《と》めた様子もなく、「ですねー」なんて笑っている。

涙が出そうだった。迷惑はかけたくないので、大きく深呼吸する。

コーヒーの香りで落ち着いたところで、私はアリクイさんに話しかけた。

「あの、やっぱり訂正印を作ってほしいんです。アリクイさんに教わって欄外に押すようにしたんですけど、それだと処理ができないってクレームがありまして」

「すみません。ぼくが余計なことを言ったせいで……」

アリクイさんがすまなそうな顔で、カウンターの端を爪でこりこりと削った。

「違います！　アリクイさんは全然悪くないんです！　悪いのは旧態依然としたうちの会社っていうか……時短勤務を希望するだけで陰口言われるし、プロマネが定時で帰るとはなにごとだとか、そんな怒り方する上司が幅をきかせてるんですよ。だから業界でも『老舗』って言われちゃうんです。これ、いい意味じゃないんですよ。ＩＴの世界ってオピニオンリーダーばっかりだから、うちは完全に取り残されちゃってるんです。社外の技術セミナーとか参加すると、ほんとうらやましいですよ。ほかの会社は男性でも育休を取れるのが当たり前ですから。うちなんてリモートワークすらできないし、挙げ句にハンコの押し方にまで文句言われるとか、こんなんで生産性上がるわけないし、人も減る一方……って、すみません、いきなり愚痴って……」

本当は『老舗』の辺りで、自分がしゃべりすぎていると気づいていた。

でもアリクイさんがぬいぐるみみたいにじっと聞いてくれるものだから、甘えて吐きだしてしまった。キキが休職してからずっと、私は自分を消毒できていない。

「タマさんは、いまの会社も仕事も好きなんですねー」

「うん。ぼくもそう思いました」

私は不満を並べただけなのに、なぜか有久井印房のふたりは誤解した。

「いえ、全然そんなことないんです。会社遠いし、子どもにも全然構えなくて、もう辞めたいって毎朝思ってるんです」

「それでも辞めない理由ってなんですか？」

宇佐ちゃんに尋ねられ、私は家庭の事情を話してしまった。

毒を食らわば皿までという気持ちもあったけれど、家とも会社とも関係ない誰かに聞いてもらいたかったのかもしれない。

「なるほど。いまのタマさんは、一家の大黒柱なんですね」

あごに指を当てた宇佐ちゃんが、ふむふむとうなずいた。

「で、その結果、大事なことを忘れちゃったと」

「大事なこと？」

聞き返すと、宇佐ちゃんは「ねえ、店長？」とアリクイさんにパスをする。

「うーん……でも、うん。とりあえずは、先にハンコの打ち合わせをすませたほうがいいと思います」

自信なさげにうなずいてから、アリクイさんがメニューを出した。

自分が忘れていることも気になるけれど、いまはハンコも急を要する。

「訂正印はサイズが小さいので、字体は読みやすい隷書《れいしょ》がいいかと思います。印材は耐久性で選ぶなら黒水牛、優しい素材がお好みなら本柘が値段もお手頃です」

アリクイさんが勧めるままに、私は安価な一本を注文した。本当はもっと吟味したかったけれど、どうにも気が急《せ》いている。

「明日のお昼には、できあがっていると思います」

「早いんですね。手彫りって、もっと時間がかかると思ってました」

「そうですね。通常なら一週間ほどお時間をいただくんですが、いまはさしせまった彫刻の仕事がないので」

三月と四月は、急遽《きゅうきょ》ハンコが必要になって来店するお客さんが多いらしい。だからあらかじめスケジュールを調整しているのだとアリクイさんは言った。

「なるほど。四月って、定期売り場も混雑しますしね」

「さっきタマさんが言ってましたけど、うちのお店がこんな風にのんびりしているのは、宇佐ちゃんのおかげなんです」

アリクイさんが顔を向けた先で、宇佐ちゃんは老人客の相手をしていた。

「ぼくがひとりで始めた頃は、お客さんもいなくてお店はつぶれそうでした。でも当時小学生の宇佐ちゃんが、ケーキのメニューやハンコの売り方のアイデアを出してくれたんです。おかげでお店は持ち直しました」

小学生と聞いて、思わず目を見開く。

「それだけじゃなくて、宇佐ちゃんはお店が忙しくなりすぎないように、ぼくがきちんとハンコを彫る時間を作れるようにと、色々配慮してくれているんです」

「それ、前から不思議でした。食べ物もおいしくて雰囲気もいいお店なのに、いつきてもあんまり混んでないなって」

「あまりいい立地でないというのもありますが……すみません。これ以上ぼくの口から言うと、宇佐ちゃんに怒られるので」

なにそれすごい気になる。宇佐ちゃんはいったいどうやって、お店の混雑具合をコントロールしているんだろう？

「ええと、ともかくですね、このお店がぼくにとってもお客さんにとっても居心地がいいのは、全部『家守《やもり》』たる宇佐ちゃんがいるおかげなんです」

そう聞いて、私は自分が過去に考えたことを恥じた。

有久井印房がのんびりしているのは、たまたまそうなのだと思っていた。それが努力によって維持されているなんて、まるで考えもしなかった。

村娘たちの生活だってそうだ。私は彼女たちの暮らしにおける、見えない部分を想像していない。現代文明によってもたらされた健康や安心が、彼女たちの時代には存在しないことを忘れている。

「誰かを幸せにするためには、まずは自分自身が幸せになるべきさ」

その言葉は、アリクイさんがしゃべったものではなかった。カウンターの端から聞こえた気がするけれど、そこには単なるマスコットのカピバラしかいない。

でもそれを不思議に感じるより先に、私は新一の言葉を思いだしていた。

『僕はタマちゃんを幸せにしてあげたい。でも僕は優秀な人間じゃないから、タマちゃんが思うほどには幸せにしてあげられないかもしれない。ただきみと結婚することで、僕自身が幸せになる自信はあります』

ヒモ宣言かと笑ったけれど、私はうれしかった。こんな風に思ってくれる人と一緒になれば、きっと自分も幸せを感じて生きていける。当時の私はそう思い、新一のプロポーズを受け入れた。

でも家族のために働いた結果、新一は病で心を傷つけてしまった。

そしていまは、心を亡くした私に八つ当たりされている。

「宇佐ちゃんは、もともと背負いこんでしまう女の子でした。自分ががんばれば、自分が我慢すれば、みんなが幸せだと考えていました。でもたくさんの縁があったおかげで、いまは自分の幸せのために働いてくれているそうです」

アリクイさんが言った。宇佐ちゃんには腹黒い一面もあるけれど、その笑顔には邪気がない。さっき私が失言したときだって、彼女は朗らかに笑っていた。

「だからタマさんも、自分が幸せになる方法をきちんと考えてみてください。そうすることで、周りの人も幸せにできるかもしれません」

私は家族の幸せのために働いていた。そう思っていた。

でもいまの私は、幸せにするどころか新一や華美を傷つけている。

未来の不安をなくそうとして、私は二度とない「いま」を失っている。

きっと私が忘れていたのは、自分自身が幸せになることなんだろう。

でもそれがわかったところで、現実的にどうしようもない。

「おかえりタマちゃん。ちょっと待って。いま華美を起こすから」

日付が変わるギリギリで帰宅すると、新一がまだ起きていた。

「えっ、なんで。いいよそんなの」

けれど新一は取り合わず、目をこする三歳児を連れてくる。

「ほら、華美」

寝ぼけ眼の娘が、ぴたりと抱きついてきた。

「ママ、おめとう」

「なにが……あ」

華美の背後の壁に、ぺたぺたと折り紙の星が貼られている。

その横には、クレヨンで描かれた一枚の絵があった。三歳児の作品になにが描かれているのかわからなかったけれど、保育園の先生が「おたんじょうびおめでとう」のシールを貼ってくれている。

「今日、私の誕生日だっけ……」

だから今朝の新一は、私の帰り時間を尋ねたのだと気づいた。

「ママ、ママ」

娘が突然ぐずりだす。

「華美、違うよ。『ママ、いつもありがとう』だよ。ごめんねタマちゃん。一生懸命練習したんだけど……」

新一が小さな背中をさすりながら言った。

「ママ、ねんね、ママ」

最近は、華美を寝かしつけることもしていなかった。夜中にぐずったら背中を撫《な》でていたけれど、半分寝ている娘は私に気づいていないだろう。

「ごめんね、華美。ママ、ちっとも一緒に寝てあげられなくてごめんね……」

私も一緒に泣きだした。

「華美……ママは悪いママだね……ママは全然ママじゃないね……」

感情がほとばしり、娘を抱きしめて嗚咽《おえつ》する。

叫び、咳《せ》きこみ、子どもよりも大声で泣く私の背中を、新一がなでてくれた。

「ごめん、新一。今朝ひどいこと言って、本当に、ごめんね……」

「気にしないで。僕が楽をしているのは事実だから」

「そんなことない。新一は……病気だったんだから。家族を幸せにしようとして、いっぱい働いてくれたんだから……」

「交代だよ。タマちゃんがしんどいときは、僕ががんばる番だ。まあ……あんまりあれこれはできないと思うけど……」

新一が苦笑いした。本当にバカがつくほど正直だ。

「タマちゃんは、僕が病気になったことに責任を感じているんだよね。僕の変化に気づけなかったって、ずっと罪悪感を抱えてる」

情けないことに、私はしゃくり上げながらうなずいてしまった。

「それは忙しかったんだからしょうがないよ。でも僕はいまヒマだから、タマちゃんの変化に気づいてる。そして僕より先に華美は気づいてた。タマちゃんに構ってほしかったから、ずっと素っ気なかったみたいだよ」

声を上げて泣きながらも、腕の中の華美はちらちらと私を見ていた。

「病気が完全に治ってない僕が言っても聞いてくれないと思ったけど、やっぱりきちんと言うよ。タマちゃん、自分だけが無理をする必要はないからね。それはタマちゃんに迷惑をかけてしまった僕が、一番よくわかってるんだ。家族はみんなで幸せにならないとだめだよ。ね、華美」

「ママ、だめよ」

わかっているのかいないのか、娘はいっそう私に顔を押しつけた。

「貯金だって少しはあるし、あとは僕がなんとかするよ。バイト先の農家でも、本腰入れて働いてみないかって誘われてるんだ。だから……」

私はいま、応援されている。

自分が幸せになることを、幸せにしたい家族から肯定されている。

私は自分の道を進むべきだろう。アリクイさんが押してくれた背中で。

「うん。私、仕事辞めるね。華美、ママお仕事辞めちゃう！」

新一が口ごもった重い言葉を、私はきちんと吐きだした。

「ママ、だめよ」

私たちは大笑いし、ふたりで華美を抱きしめた。

4

窓の外を見ると、掃除用のゴンドラに一羽のハトが留まっている。

どこかで見た顔だなとぼんやり思っていると、責任のなすりつけ合い、もとい進《しん》捗《ちょく》報告のミーティングが終わった。

人が去り始めた会議室で、私はまっすぐに統括のもとへ向かう。

「……二子さん、理由を教えてください」

無言で差し出された退職願を見て、統括は明らかに困惑していた。

「ここ数年で、会社は変わりました。私たちのような働く母は、もう会社に必要ないんだと実感しています」

「必要ないというのは、具体的にどういう意味でしょうか」

しらじらしい。でもケンカをするつもりはなかった。

「一応退職願にも、細かく理由を書いてあります。ひとことで言えば、いまの会社は自分が人間らしくいられる場所ではありません」

通勤が大変だ。週一でいいから自宅勤務させろ。フレックスの活用や、時短勤務に文句を言うな——私の退職願は、ほとんど恨み節に近い。

「もしも書式に間違いがあったら、遠慮なく言ってくださいね。訂正印は昨日作りましたから。ちょうどいいので、これから取りにいってきます」

呆気《あっけ》にとられている統括を置き去り、私はすがすがしい気分で会社を出た。

有久井印房はまだ開いていないと思い、時間つぶしに見晴用水へ向かう。

ほとんど散った枝垂れ桜を見納めしていると、「春は出会いと別れの季節」という言葉がしみじみと感じられた。

私が会社を辞めることにしたのは、アリクイさんたちと出会ったからだ。

思えば小学校時代のキキともそうだった。あの子と仲よくなったときには、私は転校することが決まっていた。

なかなかに間の悪い人生だけれど、おかげさまでキキとは再会している。

有久井印房と私の間にも、そんな縁があるかもしれない。

そう願いつつ、花びらが舞い散る用水沿いを下っていく。

「タマさん、今日はお早いですね」

たったいまオープンしたばかりのようで、アリクイさんは眠たげな顔で店の前をほうきで掃いていた。

「ちょっと色々ありまして。昨日の訂正印って、もうできてますか」

「はい。ご用意しますね」

目をこすりながら戻るアリクイさんのあとに続き、私も店へ入る。

中にはお客さんがひとりいるだけで、今日は宇佐ちゃんもいなかった。普段は大学生らしいので、授業に出ているのだろう。

「こちらになります。試し押しなさいますか？」

差し出されたハンコは、直径一センチもなかった。この円の中にどうやって字を彫るのかと考えてしまうくらいに小さい。

持ってみるとやはり軽かった。けれど頼りないという感じはしない。柘材は安価なわりに気品もあって、「ちょっといいもの」を手に入れた実感がある。

「立派なハンコをありがとうございました。何度も押すわけではないので、申し訳ない気持ちになります」

「訂正印は、自分の間違いを認めるためのハンコです。押さないですむなら、それにこしたことはありません」

「あ、そういう意味じゃないんです。私、辞めたんです会社。いまさっき」

アリクイさんが、ぱしぱしと二回まばたきをした。少し間を置いて、「え」と小さな声を漏らす。

「昨日アリクイさんに言われて気づきました。自分が幸せにならないと、やっぱり家族も幸せになれないんですよね。だから、辞めることにしたんです」

「あ、あの、ぼくが言ったのは、そういう意味じゃないんです」

両手をぶんぶん振って慌てふためくアリクイさん。

「タマさんは会社の現状をよく理解していました。その改善ができれば、自分だけでなく社員のみなさんが幸せになれる。そう言ったつもりだったんですが……」

今度は私が、「え」と口を開けた。

「あわわ。あわわわわ」

アリクイさんが無表情なまま動揺している。

「そ、そんなに頭を抱えないでください。私は自分の決断を後悔していません。どのみち改善は無理だと思います。うちの上司は、宇佐ちゃんみたいにみんなが気持ちよく働ける職場を考えず、社員を追いこむようなことばかり言う人ですから」

「あんた、上司のことが全然わかってないな」

そう言ったのは、離れたテーブルでお茶を飲んでいた老人だった。

「失礼ですけど、おじいさんはうちの統括をご存じなんですか」

「誰がおじいさんだ！　私はまだ七十だ！」

その言い方で、相手が誰かに気づく。

「掃除のおじい……おじさん？　なんでこのお店に」

「私は毎日ここにいる。あんたが気づいてなかっただけだ。そんなんだから、あんたは上司の配慮にも気づかないんだ」

「鈴掛《すずかけ》さん、落ち着いてください」

アリクイさんがカウンターを出て、おじいさんを懸命になだめた。

「ゆるキャラは黙っていろ。いいか？　あんたの上司ほど部下思いな人間もない。あの若者は部下が仕事に専念できるよう、いつでも気を配っている」

「若者って……統括もう五十過ぎてますすけど」

「本人が言うんだ。自分はまだ若輩者《じやくはいもの》ですと。最近は組織が大きくなって目が行き届かなくなり、部下に余計な面倒をかけていると。そう嘆いていた」

私は思わずふきだした。冗談にもほどがある。

「笑うな！」

おじいさんが顔を真っ赤にして立ち上がった。

「毎朝遅刻ギリギリのあんたは知らんだろうが、あいつは一番早く会社にきているんだぞ。私のようなパートの人間にも丁寧に頭を下げ、必ず世間話をひとつふたつしていく。若者は言っていた。訂正印のような些細《ささい》な問題を、わざわざ部下に指摘しなければならないのがつらいと。あんたらが仕事に集中できるよう、なるべく自分のところでごまかしているが限界があると」

「そんなバカな――」

はっと気づき、同時にまさかと思う。いまさら訂正印のことを言われたのは、統括がずっと総務をごまかしてくれていたから？

「あの若者に比べると、青葉とかいう青年はだめだ。こっちが挨拶してもすました顔で無視を決めこむ。昔からそうだが、挨拶ができない人間にろくなやつは――」

「鈴掛さん、話がずれています」

「うるさい！ ゆるキャラは早くピザトーストを作れ！」

おじいさんが怒り、アリクイさんの耳がぱたりと倒れた。

「やっぱり……信じられません。統括は婉曲《えんきょく》的に部下を貶《おとし》めて、退職に追いこもうとする上司です。現に私の同僚も……あれ？」

辞めますと言ったキキは、統括に判断を保留された。女性社員を辞めさせることが目的だったら、そんなことをする意味がない。

「先日ウサギ娘に頼まれて、あんたの上司に直接尋ねたんだ。疑うんなら、あんたも本人に聞いてみればいい」

「でも、統括は陰でずっと私たちの悪口を」

「そんな人間なら、私にも同じように言うはずだ。あんた、上司から直接悪口を聞いたわけじゃないだろう？　昔からそうだが、裏でこそこそ足を引っ張るやつは、案外身近に――おい、最後まで話を聞け！」

「ここはぼくに任せて、タマさんは早く会社へ！」

両手を広げ、おじいさんの前に立ちふさがるアリクイさん。

その脇を通り抜け、私は有久井印房を飛びだした。

会社に戻ると、なぜかオフィスに人がいなかった。

あちこち探し回っていると、会議室のほうから声が聞こえる。

「おかしいでしょ！　なんで二子さんまで辞めちゃうんですか！　こんなの絶対仕事回りませんよ！」

「統括の仕事は社員を辞めさせることですか？　子育てする母でも気持ちよく働ける環境を作るのが、あなたの仕事じゃないんですか！」

ドアを開けると怒号が飛び交っていた。手近にいた社員に聞いてみると、私が辞表を提出したことで、みんなの不満が一斉に噴出したらしい。

「全部、私の不徳のいたすところです」

統括は神妙な顔つきで頭を下げていた。場を収めるためにとりあえず謝っている雰囲気じゃない。真摯《しんし》だ。

「統括」

下を向いたままの上司のもとへ近づく。

「あなたは本当に、会社に女性がいらないと思っているんですか？」

統括は答えない。

「二子さん。あたし、言われました」

ひとりの女子社員が席を立つ。

「『人事は産まない女だけ採ればいいのにな』って。『二年目で妊娠するような社員に対しては、会社は損害賠償を請求してもいい』とか」

彼女は現在妊娠六ヶ月で、そろそろ産休に入る。一番不安で不安定な時期だ。

「その言葉って、統括から直接聞いたの？」

女子社員は記憶を振り返り、首を横に振った。

「俺もその話、聞いたことありますよ。つーか統括、陽画《ようが》さんが辞めたときとかプロマネのことボロクソ言ってましたし」

陽画は以前キキともめて転職した男性社員だ。女というだけでプロマネのキキを嫌っていた彼は、新人時代からずっと青葉くんの教育係をしていた。

「その話って、誰から聞いたの？」

仲間を売ることになるからか、男性社員は口を閉ざす。

「私は、同期の青葉くんから聞きました」

先ほどの女性社員が言った。

「俺も、青葉からです」

男性社員が、周りの様子を見ながら証言する。

会議室内がざわついた。「そういえば」、「僕も彼から」と、社員が口々に青葉くんの名前を言った。

「青葉くんは、よく悪口の噂を仕入れてるね。あれはどこで聞いてるの？」

会議テーブルの下座で、青葉くんは不快感をあらわにしていた。

「勘弁してくださいよ。僕はなんとなく聞いた話を、人に伝えただけです」

「なんとなくって、どこから？　ひとりでも名前を挙げられる？」

「そんなのいちいち覚えてませんよ。二子さんは今日の朝飯を覚えてますか？」

「トーストにゆで卵とコーヒー。家族三人で食べたよ」

本当に久しぶりに、早起きして自分の朝食を用意した。エッグスタンドはおちょこで代用したけれど、娘がはしゃいでくれてうれしかった。

「じゃあ俺らが聞いてた統括の悪口って、全部青葉のでっち上げなの？」

「私、同期に『妊婦さま』とか言われてたの？　味方だと思ってたのに……」

「そういやあいつ、陽画がいなくなった辺りから、やたらと飲みについてきたな」

社員が口々に青葉くんを糾弾し始めた。統括のときと同じくらいの罵《ば》詈《り》雑《ぞう》言《ごん》が、会議室の中を飛び交う。

「問題の責任は私にある！」

統括の大声で場が静まった。けれどそれではだめだと思う。

「聞いてください統括。私は青葉くんを責めるつもりはありません。彼も会社に不満があるのは事実です」

新人は教育係の影響を受けやすい。陽画の女性蔑視は個人の価値観だけれど、それも青葉くんには「先輩から授けられた知恵」のひとつだ。

だから青葉くんには偏見がある。仇討《あだう》ちとまではいかずとも、仲のよかった先輩が転職した原因である「女性」を逆恨みしてもおかしくはない。それが彼なりの消毒だと考えることもできる。

けれど裏を返せば、青葉くんは「男性視点」で感じている不公平を、社内に周知させたとも言えるはずだ。

「組織が大きくなってほころびが出始めたとき、統括は自分を盾にして社員の不満を抑えようとしました。総務のクレームを何年も自分のところで止めたり、悪い噂の発信者にされても、それを積極的に否定しなかったりです」

そうすることで、統括はみんなの消毒をしようとしていたのだろう。正しい方法とは言えないけれど、上司はそれ以外の選択ができない立場だ。

だから統括はいつでも眉間にシワを寄せ、苦虫をかみつぶしたような顔をしていたのかもしれない。私たちはその表情を、さもありなんと誤解していた。

「私もそうです。愚痴を言うだけで、そこに見えている問題を改善しようとしませんでした。でも青葉くんも、統括も、私も、周りの幸せのために自分を犠牲にする必要はありません」

私は統括の前に行き、さっき出したばかりの「退職願」に二重線を引いた。

自分が幸せになりたいから、それを「稟議書《りんぎしょ》」と書き換えて訂正印を押す。

「うちは小さな会社じゃありません。組織をがらりと変えるなんてことは、きっとできないでしょう。でも、やらなければいけない時期なんです。個人がずっと不幸を感じている状態では、会社に未来はありません」

宇佐ちゃんが言ったみたいに、私はこの会社が好きだったのだと思う。

辞めてすっきりするのもいいけれど、できるなら昔のように楽しく働きたい。

「やりましょうよ！　できることから変えていきましょう！」

「そうですよ！　生産性は社内の空気で変わるはずです！」

その場の誰もが、同意するように拍手をくれた。

会社で働いている以上、誰にだって不満がある。人数が少なければそれは全社員の問題になるけれど、大きな会社の場合は個人が視界に入らない。

でも放置すれば、必ず全体を蝕《むしば》む。いまの会社はそういう状態だ。

「現在、我が社の業績は低下しています」

統括の言葉に、全員が耳を傾けた。

「業界内でも、うちは技術や営業力の点で大幅に後《おく》れを取っています。時代は変わりました。昔ながらのやりかたでは生き残れないと、そろそろ気づくべきです。私もわかってはいたんですが、いまの会社は空気が重くて腰が上がらず……」

統括が照れくさそうに頭をかいた。いつもの恐ろしさがない。社員たちが笑いをかみ殺している。

「今月中に、みんなで業務の改善案を出しましょう。私が上にかけあって、労働環境改善チームの創設を直訴します」

会議室に歓声が上がった。男性社員が拳を掲げ、調子のいい人間が「祝杯だ！」などと早くも缶のフタを開けている。エナジードリンクの。

「さて、二子さん」

統括の目は笑っていた。でもやっぱり顔に迫力があるので、私は少々身構える。

「あなたの提案には感謝しますが、稟議書はさすがに気が早いでしょう。ここは『意見書』に書き換えて、もう一度訂正印をお願いします」

「ええ……」

私は自分の出した退職願に、本日二度目の訂正印を押した。

5

「タマさん、最近めっきり顔色いいですね」

私たちのテーブルにきた宇佐ちゃんが、にこやかに注文を並べる。

「宇佐ちゃんのおかげだよ。その節は、本当にありがとうございました」

掃除のおじいさんだった鈴掛さんに、統括の調査を依頼したのは宇佐ちゃんだ。この子は本当に色んなものを見ている。

会議室での騒ぎから、二週間ほど経っていた。

あの一件ですべてが改善したりはしないけれど、社内の風通しは確実によくなっている。試験的に週一で自宅勤務ができるようになったし、有名無実だったフレックスもようやく機能しだした。

おかげで私は五月病とも無縁で、朝ごはんもしっかり家族と食べている。華美と過ごす時間も増え、最近はパパよりもママと手をつなぎたがるくらいだ。

もちろん、変化したのは私の生活だけじゃない。

一番大きく変わったのは、青葉くんの態度だろう。

あんな騒動のあとでは、さすがに居心地が悪いはずだ。先輩の私がしっかりフォローしてあげなければ……なんて思っていたら、彼は率先して労働環境の改善案をまとめだした。

よくも悪くも、人から影響を受けやすいタイプらしい。いままでは自分の武勇伝のように、会議室での私の言葉を語り継いでいる。やめてと言っても、「二子さんはもっと自分を誇るべきです！」と聞いてくれない。やっぱり苦手なタイプだ。

でもこういう子は、きちんと育てればエースになる。私には彼を一人前にする責任があるので、最近はコミュニケーションもおろそかにしない。

「二子さん。前も聞きましたけど、アリクイさんってなんなんですか？」

正面に座った青葉くんが、ちらちらとカウンターを振り返る。業務外のつき合いは嫌がるかと思っていたけれど、彼はむしろ喜ぶほうだった。

統括も昨今の風潮を気にして、若手を飲みに誘わないようにしていたらしい。けれどそうやって互いを腫《は》れ物《もの》扱いする世相が、今回の問題を発生させたという見方もできる。

じゃあどうしろという話だけれど、これればかりは個人の価値観なのでどうしようもない。とりあえず、私は今年も昇格試験をパスすることに決めた。コミュニケーションが複雑化した現代で、管理職にだけはなりたくない。

「アリクイさんの正体は、この業界で働いているならわかるよ。ヒントは動画」

青葉くんがうーんと首をひねった。私が笑っていると、遅れていたもうひとりのゲストがやってくる。

「お待たせ。今日は早帰りだから、いまのうちに渡そうと思って」

キキが私の隣に座り、大きめのショッパーをくれた。中をのぞくと、以前に言っていた子ども用の夏服が入っている。

「助かるわー。それよりどう？　前に言った通り、いやされるお店でしょ？」

会社が改善に向かったことを伝えると、キキはあっさり退職を取りやめた。やはり職を失う不安が強かったらしく、今日から出社を再開している。

昨日の夜は、「またタマちゃんに助けられちゃった」なんて感じで、メッセンジャーで昔話に花を咲かせた。それで本日、有久井印房に誘ったという流れ。

キキは昔から動物が好きな子だったので、きっと気に入ってくれるはずだ。

「タマちゃんには悪いけど、わたし、ここの常連なんだよね」

キキがカウンターを振り返り、アリクイさんに手を振ってみせた。ついでに通りかかった宇佐ちゃんに、「いつもの」となにかを頼む。

「うそーん！　だったらなんで、私に教えてくれなかったの？」

「だってタマちゃん、アリクイさんの存在とか信じなさそうだし」

「信じる？　あ、まさかキキ。アリクイさんが本物のしゃべるアリクイだと思ってるの？　アリクイさんは仮想現実の存在だよ」

バーチャル動画配信者と同じ仕組みだと説明すると、キキは大笑いした。

それはさすがにないですよと、青葉くんも失笑する。

「二子さん。カウンター全体がモニターだったら、相当お金かかりますよ」

言われてみればその通りだ。でもモニターじゃないなら、アリクイさんはどうやって存在しているのか。

「じゃあ……プロジェクターでスクリーンに映してるとか？」

「タマちゃん、結構お店にきてるんでしょ？　だったら、アリクイさんがカウンターから出て動いているところも見てるんじゃない？」

思いだした。私が退職願を出した日、アリクイさんは眠たげな顔でお店の前を掃除していた。

「どういうこと……？　あ、わかった！　プロジェクションマッピングでしょ。医療業界で、患者の臓器をお腹《なか》に投影するのとかやってるもんね」

「二子さん、全身にくまなくテクスチャを投影するのは無理がありますよ。僕が思うに、近ごろ恐竜が応対してくれるホテルが話題になったじゃないですか。あれと同じで、アリクイさんはロボットなんだと思います」

「ふたりとも不正解。アリクイさーん、ちょっといいですか」

キキが呼びかけると、アリクイさんが「なんでしょう」とやってきた。

「タマちゃんと握手してもらえませんか」

「構いませんけど……」

アリクイさんが不思議そうに、私の前に白い手を出す。

恐る恐るにその手を握ると、見た目通りのふっさり感があった。

「え……？　これって……？」

厨房に戻るアリクイさんを見送る間、頭の中が疑問符でいっぱいになる。

「今日タマちゃんが有久井印房に誘ってくれたとき、わたしはやっぱり『縁』ってあるんだなって思ったよ」

キキがくすくすと楽しそうに笑う。そこへ宇佐ちゃんが注文を運んできた。

「全然知りませんでした。タマさんとお友だちだったんですね」

「小学校の同級生なんだよ。仲よくなったのは、大人になってからだけどね」

キキが答えながらケーキをつつく。私の親友は常連どころか、宇佐ちゃんからも一目置かれている感じだった。

そう伝えると、キキは「古株なだけだよ」とクールにコーヒーをすする。

「あれ？　味が前と違う」

それは私も先日気づいたので、アリクイさん本人に聞いていた。

「なんか事情があって、先週から豆を変えることになったんだって」

おいしくなくなったわけじゃない。酸味と苦みのバランスは均一で、アリクイさんが入れてくれたコーヒーだとわかる。

ただ毎日のように飲んでいた味が変わると、少しだけ喪失感を覚えた。

「となると、あの件ではやっぱりアリクイさんが問題になるかも」

「あの件？　ねえキキ。キキはどこまでアリクイさんのことを知ってるの？」

「逆に聞くね。タマちゃんは、アリクイさんの正体を知ったらどうする？」

どうと言われても困るけれど、キキが言いたいことはわかった。

「たとえアリクイさんがロボットだったとしても、私は幻滅したりはしないよ。それだけは約束できる」

だって私は、田園風景みたいなこのお店のすべてが好きだから。

「じゃあわたしの知ってることを話すから、心して聞いてね」

キキは少し視線を落とすと、私が予想すらしなかったことを言った。

「有久井印房は、もうすぐなくなるんだよ」

ARIKUI no INBOU

エモの人とフルーツポンチと
相続に必要な印鑑

1

海を想像してみてくださいよ。

透き通った青に、太陽がキラキラ反射してね。

白い砂浜はサラッサラで、サンゴ踏んじゃってイテーみたいな。

ビールよりもピニャコラーダがよく似合う、グレート的なバリアリーフ。

そういうキレイな感じの海、想像したんじゃないですか。

俺は違います。

水なんか泥真《どろま》っ黒《くろ》で、波打ち際はゴミの山。匂いだけはいっちょまえに潮の香《か》を放ってる、クッソ不快な水たまり。俺は、そんな汚い海が大好きです。

だってそれが、俺の育った川沙希《かわさき》の海ですから。

「――ってことですよ。価値観なんて、人によって全然違うわけです」

俺は宇佐《うさ》さんに言ってやりました。

川沙希の海みたいに汚れた、ガールズバーのキッチンで。

ホールの客も寝ちゃってる、午前三時の真夜中に。

「だからね、母子家庭っつーだけで憐《あわ》れまれるのとか、ほんとマジうんざりなわけですよ。だってドラマみたいに『本当のお父さんに会いたい』なんて、百パー思いませんからね。俺は川沙希の海で満足してるんです」

俺が持論をぶちまけると、バニーガールの宇佐さんは天井を見てました。ぷかーとタバコをふかしながらね。これたぶん、全然聞いてないやつですよ。

とりあえず、ことの起こりと俺周辺について話しましょうか。

小さなガールズバーのフードメニューなんて、普通は女の子がレンチンです。でもうちの店は狭いながらも、カウンターの奥に調理場があるんですよ。だから俺なんかが雇われているわけですが、まあこういう店にきて飯をバクバク食う客も少ないわけで。

なので俺は、ひまにかまけてそばを打っていました。

店で出すとかじゃなくて完全に趣味です。お客さんが「デートしてくれないともうお店こない。ぷんぷん」なんて女の子に駄々をこねている裏で、俺はそばをこねていたわけですよ。

「そのそば、いまから冷やし中華になる？」

なんて宇佐さんにむちゃくちゃ言われながらね。具体的には「へそ出し」と呼ばれる工程で、のし板の上でそば玉を押したり練ったりしていたわけです。

そこへ電話がかかってきました。俺の携帯に。

俺は戦慄しましたね。だって午前三時ですよ。こんな時間に電話が鳴るって、「身内に不幸があった」以外のなにものでもないじゃないですか。

なので俺は、電話に出ずに立ちすくんでいました。めん棒を握ったままでね。まあ打ち粉を振ったばかりで、スマホをかぴかぴにしたくなかったってのもあります。

そしたらね、宇佐さんが勝手に電話に出やがったんですよ。

「あー、はいはい。どうもどうも。んじゃ代わりますね——コマ、ママだよ」

俺の名前は駒沢岳《こまざわがく》です。宇佐さんは「コマ」と呼んできます。

それはともかく、この時点で俺の心配は片っぽ杞憂《きゆう》に終わりました。

だって俺の「身内」は、おかんだけですから。

ちなみにもう片っぽの不安は的中です。スマホ、かぴかぴになりました。

「あ、岳？　ごめんね、仕事中に」

「いやヒマだからいいけどさ。どうしたのこんな時間に」

「ファスナーが上がらないのよ」

「は？」

「喪服の。私、太ったかしら？」

「いや知らねーし。つかそれだけ？」

「ううん。お父さん、死んじゃったって。明日告別式」

話が見えました。どうやらおかんが二十年も前に離婚した夫、つまりは俺の父親が死んだってことみたいです。

その後は「いまから喪服買ってきて」とか無茶ぶりされたんで、ふざけんなって電話を切ったところで、宇佐さんに言われたわけですよ。

「あんたんち、母子家庭なんだ」

ってね。

だから俺は、川沙希の海の話を始めたわけです。

おかんが手に職あったから、うちはこれといって貧乏しませんでした。

ついでに言うと、親父《おやじ》がいなくてさみしかったって記憶もねーです。

両親が健在ですくすく育ったご家庭の人が、「あなたは一般的な家で一般的に育ったんだ。かわいそうだね」って憐れまれたら、「なに言ってんだこいつ」ってなるでしょう？　俺にとっては、それと同じことなんですよ。

ところがね、俺の主張に対して宇佐さんはこう切り返してきました。

「別に憐れんでないよ。うちも母子家庭だったし」

「えっ……あっ、なんかすいません」

俺は謝りました。自分はともかく、他の人が母子家庭だと聞くと「かわいそう」と思ってしまうダブスタ野郎が俺です。

「全然。いまはママも再婚して、一家四人で仲よくやってるしね」

「宇佐さん、実家暮らしなんですか」

意外でした。見た目はギャルギャルしい金髪バニーですが、この人これで店のオーナーなんですよ。つまりは俺のボスです。だからお金とか、けっこう持ってそうじゃないですか。

「出ていったり帰ってきたりかなー。あたし家族が好きだから」

俺だっておかんは嫌いじゃねーです。人のこと言っといてなんですけど、俺も二十五で親と同居ですしね。ちなみに宇佐さんは俺の一個上です。

「コマ、今日はもう上がっていいよ」

「別にいいですよ。問題があったわけじゃねーですし」

「あったっしょ。コマママまーまーテンパってた」

「人のおかんを早口言葉にしないでください」

「孝行したいときに親はなし、夏」

「いや孝行ってほどじゃねーですし。つかなんですか夏って」

俺が聞き返すと、宇佐さんはにやりと笑いました。

「夏ってのは、なにかが起こるんだよ」


実際、起こりました。

俺はいま、新幹線で長野に向かっています。

家に帰ってからの流れはこうです。

俺は姿見の前にいたおかんの背後に回り、ぐぎぎとファスナーを上げました。

「閉まった。問題ない。行ってらっしゃい」

おかんはしばらく鏡をのぞきこんだ後、ヒステリックに叫びます。

「やっぱりダメ！　全然似合ってない！」

「似合ってるって。なんか未亡人感ある」

「それがダメなのよ！　喪服で体の線が出ちゃってるって常識を疑われるわ。ああ困った。ナカザキ屋さん、まだ開いてないわよね？」

おかんが壁の時計を見ました。そろそろ午前五時です。

「開いてないつーか、ナカザキ屋、昨日で閉店だって」

「え、ほんと？」

「前に言ったじゃん。望口《のぞみくち》商店街にフードパーク建設するだとかで、あの辺り全部なくなるって」

まだ噂なんですけど、老舗のショッピングセンターだったナカザキ屋が移転するってことで、けっこう信憑性《しんぴょうせい》は高い話です。

まあこういうの、しょうがないんでしょうね。二十年前は書店の文鳥堂《ぶんちょうどう》も商店街にあったんですけど、いまは駅の裏っかわになりました。おかげで俺は本に縁遠くなりましたが、逆に買いやすくなったお客さんも多いでしょう。

しかしいつも見ていた店がなくなるってのは、悲しいもんですね。エリア的に考えると、文具の一寸堂《いっすんどう》とかなくなると思います。あそこの奥さん、『小梅ちゃん』のパッケージの子が大人になったみたいな和服美人なんで、見かけなくなったら泣きますよ俺は。

「やめた。やっぱり私、お葬式に行かない」

「まあ……いいんじゃねーの。もう俺らに関係ない人だし」

「なに言ってるの。あんたは行くのよ。喪服ぴちぴちじゃないでしょ」

「無理だっつーの。だって向こうにも家族がいるわけじゃん。いきなり俺みたいなのが『どーも息子です』とかきたら、普通に大迷惑だって」

「知ったこっちゃないわよ。あんたはあの人と血がつながってるんだから」

これはやばいです。面倒な流れになってます。

「いやいや。やっぱおかんが行ったほうがいいんじゃないの。一応大切な人だったみたいだし。ちょっと喪服がぱっつんぱっつんなくらい平気だって」

俺はおかんの左手を見ました。薬指にはいまもリングがはまっています。

「やっぱりぴちぴちなんじゃない！　もう絶対行かない！」

しまった。しまりました。完全に修正方向を間違えましたこれ。

「おかん落ち着こう。とりあえず、聞かなかったことにすればいいんじゃね？　親父はまだ生きてるってことにしてさ。いままでずっと会わなかったんだから、なんも変わんないっしょ」

「あんた、いままでお父さんに会いたいと思ったことないの？」

「ねーよ。ガチで一回もない」

だって俺にはピンとこないわけですよ。物心ついたときから家族は俺とおかんだけだったし。そもそも日常で父親を意識したこととかねーですし。

俺にとって親父は「知らない人」でしかないわけで。どっかその辺で指のマークがついた「他人家」の通夜に、ふらっと立ち寄るのと同じ状況です。

「それなら、なおさら行ってきなさい。これがお父さんに会う最後のチャンスよ」

「いやもう死んでるし」

「あんたニートなんだからヒマでしょ。帰りにお土産買ってきて」

「ニートじゃねーから。毎日必死こいて働いてるから」

「でもキャバクラのボーイさんでしょ」

「偏見だそれ。ガールズバーのキッチンだって立派な仕事だっつーの」

「職業差別じゃないわよ。プライド持って仕事してる女の子と違って、あんたその場しのぎで働いているだけでしょ。一生続ける気あるの？　新卒で入った会社を一ヶ月で辞めて、それから何回バイト先変わった？　あんたが好きでやってるなら、親はバイトだって応援するわよ」

ぐうの音も出ません。俺は二十五にもなって定職に就かず、毎日ぷらぷらしている人間です。二十六歳で店のオーナーたる宇佐さんとは、マジ雲泥の差ですよ。

「私がなんでこんなに口うるさく言うかわかる？　あんたのそういうところ、お父さんにそっくりなのよ」

その昔、ポール・ウェラーが歌ってました。「顔が輝いてんのって、二十五歳以下だけじゃね？」的な意味のことを。

確かに人生のタイムリミットってそんくらいですよね。二十五歳までになにかを見つけられなかったら、可能性として詰んじゃうんだと思います人生。

だから「25」ってのは、雑誌のタイトルとかにも使われやすいんでしょう。まっとうな節目を迎えられた人向けにね。

一方ダメだった人間のその後の生活は、長きゃ長いほど白い目で見られます。

親父とか、俺みたいな感じで。

「じゃ、行ってらっしゃい。お土産忘れないでね」

というわけで、反論できなかった俺は新幹線の人ですよ。

さっきちょろっと言いましたけど、両親は俺が四歳のときに離婚しました。おかんが愛想を尽かしたらしいです。親父は俺と同じく、定職に就かないちゃらんぽらんだったそうで。

まあそんな感じでね。俺は親父のことをビタイチ覚えてません。ほんとね、こんなんでどのツラ下げて葬式出るのかって話ですよ。

でもお土産も頼まれちゃったし、俺が行くって連絡も先方にしちゃったみたいなんで、やむを得ないっつーか駅弁うめえっつーか。

こういうの、会社勤めの人とかよくあるんじゃないですか。業務命令で全然知らん人に線香上げたり、名前の入った提灯《ちょうちん》持って立ってたりするの。俺は早々に社会からドロップアウトしちゃったんで、よく知りませんけど。

そんなことより、食い終わった釜めし弁当の「釜」ってどうするべきですかね？

とか考えてたら新幹線が軽井沢に着きました。

で、タクシー乗って教わった住所で降りたら、そこは森ですよ。

いや高原って言うべきなんでしょうけど、俺の感覚からすれば山奥です。ボルネオオランウータンとか森ガールとか出てくるレベルですこれ。

そんな森の中をさまよいながら、なんとか葬儀場に着きました。本日の葬儀予定が書かれたボードには、きちんと親父の姓だった「藤丘《ふじおか》」があります。

「岳くん？」

「あ、はい。えっと……」

喪服の女性に声をかけられ、俺は相手の出かたをうかがいました。

「やだもう！　こんなに大きくなっちゃって。おばちゃんのこと覚えてない？　覚えてないよねえ。えっと、徹《とおる》の姉の恭子《きょうこ》です。こっちがうちの主人」

「多那《たな》です。今日は遠いところをご足労頂き恐縮です」

恭子さんの隣で、白髪多めの男性が会釈してくれました。

「あ、どうも。このたびはご愁傷さまです」

ちっすレベルに下げた頭の中で、俺は情報を整理します。

藤丘徹が俺の親父。恭子さんは親父のお姉さん。ってことは俺の伯母さんです。

多那さんは恭子さんの旦那さんで、俺とはほぼ無関係。覚えなくてよし。

ぶっちゃけ会うのは、今日で最後ですからね。

「お母さん！　川沙希から岳くんきてくれたわよ。あっ、これじゃわかんないか。徹の子どものほう。あ、これも一緒か」

恭子おばさんがなにやら謎めいたことを言っていると、ロビーからおばあちゃんがやってきました。悲壮感をただよわせる美人に付き添われて。

「あれまあ。ありがとうね。大きくなって」

おばあちゃんは俺を見てにこにこ笑っていますが、なんか不思議な感じです。母親がひとりなのと同じで、俺にはすでに母方の祖母がいるわけで。

「あとねえ、こっちが美智《みち》さん。徹の……」

「藤丘の妻です」

頭を下げた女性は、ずいぶん若い人でした。まだ三十代じゃないですかね。俺はちょっとむっときましたよ。親父がおかんと別れて若い奥さんをもらってたからじゃねーです。おかんは関係ねーです。

俺自身の嫉妬です。つい先週、彼女にフラれたんです俺。

若気の至りっつーか、自分の可能性を探して動画配信とかしてた時期があるんですけどね。そんときのファンとつき合ってました。

別に彼女に未練はねーです。でもフラれた理由が「二十五にもなって定職にも就かない」だったんで、俺と同じちゃらんぽらんだった親父がこんな美人に愛されてたってなると、話が違うってなるじゃないですか。

「ガク、挨拶できる？」

「えっ、あ、はい。川沙希からきた駒沢――」

恭子おばさんにいきなり呼び捨てにされて、なんか距離感詰めるの早いなこの人と思いつつ、俺は自己紹介をしようとしたわけです。そしたらね。

「藤丘ガクです」

美智さんの横にいた、九歳？　十歳？　そんくらいの子どもが、俺にぺこりと頭を下げました。

「字は違うのよね。川沙希のガクくんは山岳のほうで、こっちのガクは見学。ちょっとややこしいね。大《だい》ガク、小《しょう》ガクって呼ぼうか？」

恭子おばさんはベルツノガエルみたいにぶわぶわ笑ってますが、こんなもん全然笑えませんよ。

だってこのお子さま、俺と半分血のつながった義理の弟ですよね？

普通に考えて、兄弟に同じ名前つけますか。

まあ字は違いますけど、それでも音が一緒です。それをあえてつけたのって、「うっかり前の子どもの名前を呼んじゃってもバレないように」って、クッソ小細工じゃないですか。

おかんから親父はクズだと聞かされてましたが、正直ここまでとは思いませんでした。俺が二十五で定職にも就かずに動画のファンに手を出してフラれるというクズっぷりを発揮しているのは、明らかに遺伝でしょう。

なんて感じで親父を呪っていたら、葬儀はしめやかに終わってました。

遺族のみなさんはすすり泣いてましたが、俺は完全に無の感情です。だって遺影見たって誰だかわかりませんし。

その後は骨上げまでの時間つぶしなわけですが、居心地悪いんで俺は空気を吸いに外へ出ました。いい感じのテラスを見つけて缶コーヒーで一息です。

もう七月の半ばですけど、さすがに森の中は涼しいですね。耳をすますと「ほーほー、ほっほー」なんて、キジバトの鳴き声が聞こえます。

「こんにちは」

声をかけられ振り向くと、背後に子どもが立っていました。例の小ガクです。

「あ、どうもどうも。座る？　ジュースとか飲む？」

俺はちょっぴり気を使いました。いやだって、この歳《とし》で親を亡くすってのはしんどいでしょうし。別にこの子に恨みはないですしね。

「大丈夫です。でも話したいです」

ジュースは断ったみたいですが、小ガクは隣の席に座りました。

なんか俺と血がつながっているとは思えないしゃっきりぶりです。この歳なら、泣きじゃくってよさそうなもんですけどね。

「大ガクは、お父さんの子どもなんですか」

「大ガク……まあいいか。そうらしいね。全然覚えてないけど」

「いいな。ぼくも、ちゃんとお父さんの子に生まれたかった」

おやと思いましたが、俺は不用意に聞く前に考えましたよ。

ひょっとしてこのお子、奥さんの連れ子ですかね。てことは名前が同じ「ガク」なのは偶然で、こいつは俺と血がつながってない感じですか。

だとしたら、俺は親父にごめんなさいしないといけません。

親父は思ったほどクズじゃなかったですし、再婚相手の連れ子が捨てた子と同じ名前って、けっこう罰感ありますしね。

「大ガクといた頃のお父さんは、どんな人でした？」

「いやごめん。四歳のときから会ってないから、もう全然覚えてないっつーか。逆に聞くけど、小ガクにはどんな親父だった？」

「お父さんとお母さんは、二年前に一緒になりました。お父さんはとても優しかったです。ぼくとよく遊んでくれました。お店で」

「……ふーん。お店って？」

なぜですかね。いまちょっと、俺はイラッとしました。

「お父さん、喫茶店やってました」

なんか、おかんに聞いてた感じと違いますね。俺のイメージでは飲む打つ買うの人だったんですけど。

「へー。その店、繁盛してたの？」

「全然です。でもぼくもお父さんもお店が大好きでした――」

「ガク、そろそろ時間だから」

呼びかけられて振り向くと、美智さんが立っていました。子どもを呼んだつもりが俺も振り向いちゃったので、ばつが悪そうな顔をしています。

こっちはこっちで気まずいので、サクッと移動して、サクッと拾骨しましたよ。

さて、これでお勤めも終わりです。一刻も早く帰りましょう。

「お疲れさま。とりあえずは終わったわね。料理屋さん予約してあるから」

恭子おばさんは、俺に時間があるかすら聞いてくれませんでした。

「ね？　連絡つかないと思ったらまさかの海外にいたのよ。そりゃあ大ガクのお母さんだって、愛想尽かすわよねぇ？」

恭子おばさんはしゃべり好きのようで。精進落《しょうじんお》としの料理をつまみながら、さっきからひとりでしゃべりまくっています。

俺はよそ者の常ってやつで、座敷席《ざしきせき》の隅っこで針のむしろですよ。

とりあえずわかったのは、親父は胃だか腸だかのガンで死んだってことです。発見が遅かったらしくて、入院して三ヶ月もたなかったそうですよ。

「それからは喫茶店で腰かけみたいなアルバイトもしてたけど、基本はずっとぷらぷらしてたのよね。それでなんやかんやあって戻ってきたと思ったら、今度は山奥に引きこもっちゃって。子どもの頃からそういうところがあったのよ。周りが見えていないっていうか、夢見がちっていうか。心配ばかりかける弟だったわ」

なんだか耳が痛いんですが。俺の人生が予言された気分です。

「で、大ガクは仕事なにしてるの？」

まあそうきますよね。ここは当たり障りなく答えましょう。

「飲食関係ですかね」

「あら。やっぱり親子って似るのね。なに屋さんなの？」

「ええと、職場ではそばをこねたり」

うそはついてません。方便というやつです。

「やだ。ちゃんとした職人さんじゃない。やっぱり親子って似ないのね」

「そういや、親父は喫茶店をやってたそうで」

ボロが出る前に話題を変えましょう。

「ほんとバカよね。あんな山の中の小屋なんか買って。水がいいってだけで、山奥にお客さんがくるわけないのに」

「きてたよ。ふみちゃんが」

小ガクがおばさんに反論しました。

「カニの人ね。でもお客さんなんてあの子くらいでしょ。そもそも喫茶店だけじゃ儲《もう》からないから、コーヒー豆売ってたわよね。なんだっけ？　あれするのよ、ほら」

「焙煎《ばいせん》」

小ガクは十歳のくせに、よくものを知っている子です。

「それ。ああいうのって。素人が簡単にできるもんじゃないんでしょう？」

「まあ……そうじゃないですかね」

俺に聞かれても困るんですが。

「なのにあの子、なんかおっきい釜？　とか買っちゃって、おかげで美智さん働きっぱなしよ」

美智さんはなにも言わず、口元をハンカチで押さえました。悲しみに暮れているというより、いつもそうしているタイプの女性って印象です。

「でもよかったわ。大ガクがちゃんと働いてて。いきなりお葬式にくるってきいたときは慌てたわよ」

「恭子」

名前は忘れましたが、旦那さんがおばさんをとがめました。

「なによ。こういうことは、はっきりしておいたほうがいいでしょ。そのほうが美智さんも安心よね？」

おばさんに尋ねられ、美智さんはまたハンカチで口を押さえました。

俺にはなにがなにやらさっぱりです。

「大ガクは、いまお給料どのくらいもらってるの？」

え、なにそれ。もう親戚ヅラ？　これお見合いとか斡旋《あっせん》されるやつ？

「言えないくらいもらってるの？　ならボーナスの額だけでいいわ」

「いやボーナスとかないですよ。俺バイトですし」

うっかり口を滑らせた途端、場の空気が露骨に変わりました。

「……じゃあやっぱり、相続権を主張しにきたのね」

「は？　ソーゾクケン？」

「言っておくけど、徹に貯金なんてないからね。財産と言えば親が残してくれた家と土地だけ。これから女手ひとつで子どもを育てなきゃいけない美智さんから、あんたはその家を奪い取る気？」

「ちょ、待ってくださいよ。話が全然見えねーです」

「家と土地、それからあのボロ小屋を合わせて売っても、一千万程度よ。あんたがもらえるのはせいぜい五百万。そのくらい、若いんだからすぐ稼げるでしょ？」

金額を聞いてちょっとびびりました。五百万ってかなり多いなと。

「いやそれがほしいってわけじゃなくて、ずっと音信不通だった俺が、いきなり全財産の半分ももらえることに驚いたわけです。

だってこういうのって、配偶者が半分で、残りを子どもでわけるとかじゃないんでしたっけ？

「そうよ。小ガクは徹の血縁じゃない。養子縁組みしてないから、この子に相続権はないわ。かわいそうだと思うなら、あんたは相続放棄してちょうだい」

俺の視線に気づいた感じで、おばさんがむすっと言いました。

「いや、もともと財産もらえるなんて思ってないですよ。ぶっちゃけ母親の代わりにきただけで、こんな話になるとか想像してませんし」

「しらじらしいわね。ニートなんでしょ？　お金ほしいんでしょ？」

おばさんくらいの世代にとって、フリーターはニートと同義なんですかね。だんだん頭にきましたよ。

「いらねーです。相続放棄しますよ。みなさんに会うことは二度とねーです」

「だめよ、岳ちゃん。それはだめ」

俺をたしなめたのは、おばあちゃんでした。

「お母さん、なに言ってるの」

「恭子はちょっとしゃべりすぎだよ。岳ちゃんはあたしの孫なんだ。あの家だってあたしが徹にやったんだ。徹が死んだなら、あたしのもとに返ってくるよ」

「確かに。お義母《かあ》さんにも法定相続分はありますね」

「あんた誰の味方なのよ！」

おばさんが旦那に嚙みつきました。俺は敵なんですかね。

「岳ちゃん。あんたはね、あたしの孫なんだよ。徹の血をわけた子なんだ」

「あ、いや、おばあちゃんの気持ちはうれしいんですけど、俺はやっぱ、親父のことよく知らないですし」

「いまから知ればいいじゃないか。しばらくこっちにいるんだろう？」

おばあちゃんがテーブルから身を乗りだし、俺の両手を取りました。

「あ、いや、一応仕事とかあるんで」

「なによ。ニートのくせに仕事なんて。いい？　相続放棄するために、四十九日には実印と印鑑証明を持ってくるのよ」

「恭子はおだまり。岳ちゃん、放棄なんてしちゃだめよ。岳ちゃんになにかしてやりたいってのは、徹の思いでもあるんだからね」

もうなにがなんだかわかりません。俺は「あ、いや」を連発して逃げ回り、最後はブッシュマンウサギのごとくに軽井沢から逃走しました。

2

涼しかった軽井沢とは打って変わり、川沙希の夏は夕方でもクソ暑いです。

んでも道行くスーツ姿のサラリーマンは、汗ひとつかいてないんですよね。

こういうのって、ある種の才能なんじゃないかと思います。

俺も親父と似て、その手の才能がありませんでした。就職もテキトーに選んだ会社だったんで、辞めるときも一ヶ月でサクっと。なんか革靴が痛かったんですよね。

たぶん俺は、好きなこと以外やりたくないんだと思います。

かといって、好きなことがあるってわけでもねーんです。

だからいまもちゃらぽら生きて、思いつきでそばを打ってみたり、動画を配信してみたり、全国の動物園を巡ってみたり、こんな風に見晴《みはらし》用水を眺めて、たそがれちやったりするわけですよ。

「あれ、コマじゃん」

よっと肩に手をかけてきたのは、振り向くまでもなく宇佐さんでした。まるで小学生みたいに、水色のアイスキャンディーをくわえています。

「いまから出勤ですか？　珍しくはえーですね」

「今日はサボり。ぶらり途中下車の旅」

「オーナーがサボりて。地元で途中下車て」

「コマの顔見たら、叙七三苑《じょなさんえん》の焼き肉食べたくなった。行く？」

「どんだけフリーダムですか。行きませんよ」

「若者の肉離れ」

「ケガしてねーし、歳も一個しか違わねーです」

だから俺はときどきまぶしいです。ソーダ味の人生をなめてる宇佐さんが。

「んじゃ飲む？」

コンビニ袋からチューハイが出てきました。ストロングなやつです。

なんかもう、一周まわってどうでもよくなってきました。

「飲みますよ。代わりに俺の相談に乗ってください」

宇佐さんが「おけ」と笑ったので、俺は軽井沢での出来事を話しました。微《び》に入《い》り細《さい》を穿《うが》って。恭子おばさんの旦那さんの名前以外すべて。

俺の話を聞いてるんだか聞いてないんだか、宇佐さんはぽけーと夕空を見上げていました。これ絶対聞いてないやつです。

「──というわけですよ。宇佐さんならどうしますか。相続放棄しますか。それとも他人だって割り切って、五百万もらっちゃいますか？」

「え？ ああ、うん。動いたね、ハツ……夏」

「聞いてなかった上に、焼き肉のこと考えてました？」

「ちゃんと聞いてたって。ちな小ガクはかわいかった？」

「まあ、かわいいんじゃないですかね」

「じゃあ放棄」

この話は、釜めし弁当の釜と一緒に、おかんにも渡しています。

ただおかんは不機嫌な顔で、「あんたが決めなさい」としか言ってくれませんでした。お土産に不服だったのか、他人事《ひとごと》だからかは不明です。

なもんで宇佐さんに相談したわけですが、完全に人選ミスでしたね。

「俺だって放棄するつもりではいますよ。でもちょっと考えちゃうんですよね。わざわざ実印作るのもめんどくさいし、ひょっとしたら、俺が相続したほうが丸く収まるんじゃねーかなって」

　だって親父が死んだ以上、美智さんとおばあちゃんは他人なわけで。住む家がなくなるのも困るでしょうけど、お互い同居もしんどいはずです。

　でも俺が相続を希望すれば、家が売られて「不可抗力の家族解散」になるじゃないですか。それってわりと、みんなが幸せになる平和的解決だと思うんですよね。実はおばあちゃんが狙っているのは、それなんじゃねーかなって。

「あたしの研究によると、記憶の期限は二十年なんだよね」

「俺の相談の話はどこへ」

「人間は二十歳になると、ゼロ歳のときの記憶が消えんの」

「いや、ゼロ歳とかもともとないでしょ」

「あるんだよ。で、二十五歳になると、五歳の頃のことが思いだせなくなっちゃうわけ。だから思い出を残すには、消えちゃう前に何度も思い返して記憶し直すしかないんだよ。エモいっしょ」

「よくわかんねーですけど、俺その言葉嫌いです」

　もともとね、九十年代に「エモーショナル・ハードコア」ってジャンルの音楽がはやったんですよ。俺が好きだったのはゲットアップ・キッズとかで、ああいう疾走感のある切ないメロディを聴いたときに、ぶわーって内から湧き上がる感情こそが本来の「エモい」なわけです。

それをね、昨今はなんでもかんでも「エモい」って言うのが気に入らない……つーわけではなく、元カノがアホみたいに連発してたんで、「エモい」って言葉を聞くと俺がエモくなっちゃうだけです。

「あたしがコマに言えることはひとつだよ」

宇佐さんが顔を寄せてきました。

「ちょ、近い」

一瞬ですけど、俺はなにかを期待した気がします。でも相手はスーパー自由人ですからね。どうせ「エモい」以上に意味不明なことを言われるだけでしょう。

「ハンコのご用命は、有久井印房へ」

ほらね。

そんな感じで宇佐さんと別れた後、俺は見晴用水をぶらついてました。

バーで働いてるのになんですが、俺はほぼ下戸です。

下戸がストロングなチューハイをキメたんだから、当然べろんべろんべろんです。べろんべろんが千鳥足で見晴用水を下れば、望まないほうの壁ドンです。

有久井印房

ぶつかったレンガ壁のひさしには、そんな文字が書かれていました。さっき宇佐さんが言ってた店ですよ。

見た目は喫茶店ですが、ここはハンコ屋らしいです。なんでも気のいい店主や従業員が、なんのかんのと相談に乗ってくれるお店だとか。

軽井沢での話は軽々しく人に言えるこっちゃないですけど、俺には相談できるまともな相手もいません。

そんなわけでたいして考えもせず、俺は店のドアを開けてやりましたよ。

「いらっしゃいませ。本日はお食事ですか？　ご印鑑ですか？」

俺は一瞬、間違えてバイト先にきたのかと錯覚しました。

なんでかってーと、女性店員の頭にケモ耳がくっついてたからです。うちの店、女の子がこういう格好をするんですよ。週一回のコスプレデーに。

でもまあ印鑑がどうのとか言ってたんで、一応ハンコ屋なんでしょう。

とりあえずハンコでと答えると、俺はカウンターの席に案内されました。

そしたらね、いるんです。

カウンターの内側に、なんかふわーっと白いのが。

つっても、夏の夕方にふさわしい「やだな～怖いな～」系の話じゃありません。

ふわーっとしたのは動物です。一時期動物園をうろうろしてたときに、この白いのを見たことがありますよ。名前だって覚えてます。

「ツチブタ！」

俺は白いのに指をさしました。

「あ、いえ、ぼくはアリクイです。ミナミコアリクイです」

ああそうでした。ミナミコアリクイ。その昔、動物もいる水族館で見ましたね。色んなことに手を出して、全部中途半端なのが俺という人間です。

「でも動物学的に、ツチブタはけっこう近いと思います」

「あ、そうなんですか……って、いましゃべった？」

「はい。店主の有久井《ありくい》と申します」

ミナミコアリクイの名前は、アリクイさんだそうです。

どうやら俺は、完全に泥酔しちゃってますね。

いや酔ってるのはわかってますけど、幻覚見るのなんて初めてですよ。まあ店の名前が有久井印房だったんで、そっから連想しちゃったんでしょう。

ひとまず俺は、マスターと思《おぼ》しきアリクイさんの顔を眺めました。

こうして見ると、アリクイってのは面白いですね。顔は長いけど馬面ってわけでもなく、目はリスザルみたいにつぶらな感じで。確かグループ的にはナマケモノと同じはずなんで、意外と人間に近い生き物かもしれません。

まあ実際は普通のおっさんなんでしょう。声とかすごい落ち着いてますしね。

「本日は、どういったハンコがご入り用でしょうか」

「あ、ええと、人から紹介されたんです。宇佐さんってご存じないですか」

「宇佐ちゃんなら、そこに」

マスターが首をふっさり向けた先には、さっきのケモ耳店員さんがいました。あの子がウサ耳って言いたいんですかね。

「いや、そうじゃなくてですね。俺の職場の上司、つかオーナーなんですけど……そっか。宇佐さん源氏名だ。本名なんだっけ。ちく……ちくなんとか……」

「もしかして、筑紫野七瀬《つくしのななせ》ですか？」

ケモ耳店員さんがやってきました。

「あ、それです。うちのオーナー、筑紫野さんです」

「店長、ちょっと休憩入ります」

店員さんが険しい顔をして、携帯片手に店の外へ出ていきました。

「七瀬ちゃんの同僚のかたでしたか」

「あっ、はい。駒沢と言います。宇佐、じゃなくて筑紫野七瀬さんに、『ハンコのご用命は有久井印房』と教えられまして」

そんな感じで、俺は相続が─、実印が─ってないきさつを、目の前のアリクイにしか見えないマスターにふんわり話しました。

マスターはカウンターの向こうでスツールに立ちながら、見下ろすようにしてドリッパーにお湯を注いでいます。ときどき相づちを打ちながら、コーヒーが落ちるのを静かに見守りながら。

「なるほど。事情はわかりました。どうぞ」

ハンコの打ち合わせをする際には、ワンドリンクサービスらしいです。

「お、うまい。まろやかですね」

「ありがとうございます。最近、豆を新しくしました……」

言葉とは裏腹に、なぜかマスターはしんみりしています。前に使ってた豆のほうがよかったんですかね。

「とりあえず駒沢さんの場合ですと、実印は必要ないかと思います」

「あれ、そうなんです？　印鑑証明も持ってこいとか言われましたけど」

「相続放棄は個人で行うものですので、必要書類を家庭裁判所に提出するだけで完了します。その際は認め印で構いません」

マスターの説明は丁寧なんですけど、見た目はかわいいアリクイです。なんかシュールを通り越して、逆に権威があるような気がしてきました。

「それって、百均《ひゃっきん》で売ってるハンコで構わないってことですか？」

「はい。実印や印鑑証明を必要とするのは、遺産分割協議を行うときです。誰がいくら相続するかしないか——そういったことを相続人の間で話し合うことですが、それを書面にまとめた際に、実印と印鑑証明が必要になります」

「遺産分割協議ってのは、相続放棄と違うんです？」

「遺産分割協議書は、主に銀行に提出します。この書類がないと故人の預金などを下ろせないので。ただ遺産分割協議の内容には、『相続を放棄する』こと自体も含まれます。ぼくも専門家ではないのでお客さんから聞いた話になりますが——」

マスターがわかりやすく教えてくれました。たとえば土地を相続する人が複数いた場合、それを均等に分けるのは難しいわけで。

その場合は土地を売ったり、誰かひとりが相続してほかの相続人に相応の金を払ったりするみたいですが、それもなんだかなってケースがあるわけですよ。その土地の上で、遺族がつつましく住んでる場合とか。

そういうときに、「あ、俺は相続とかいいんで。いままで通りやってください」って宣言することも、相続放棄と言えなくもないわけです。

つまり恭子おばさんは、話し合いにすら参加しない純粋な『相続放棄』と、話し合いで『相続を放棄すること』を、ごっちゃにしちゃったわけですね。

「てことは、もしかしてあれですか。財産なんて家しかないとか言っといて、本当は親父がしこたま貯《た》めこんでた可能性もあるんですか」

あんまり一方的に言われたんで、そういうことも勘繰っちゃいますよね。

「そこまではわかりかねますが、相続は財産だけでなく負債にも行います。税金もかかります。そちらを心配されているのかもしれません」

なるほど。親父のことを考えると、そっちの可能性もありそうです。

「じゃあどっちにせよ、実印は作っといたほうがいい感じですね」

俺ひとりが実印を持っていかなかったせいで、向こうのご家族に面倒をかけるのは本意じゃねーですから。

「お急ぎでしたら、いまお持ちの認め印を役所で印鑑登録するだけです。あまり欠けていたりすると、申請が受理されないこともありますが」

「……ここってハンコ屋さんですよね？」

マスターが首を傾げました。頭の横に「？」とか出てそうなかわいさです。

「いやほら、さっきから聞いてると、マスター全然ハンコ勧めてこないじゃないですか。そんなんでお店儲かんのかなーと」

「ハンコは必要なときに作るものですので。お店のほうは、宇佐ちゃんのおかげでなんとか続けられています」

あのウサ耳店員さん、実はオーナーとかなんでしょうか。

にしても欲がないというか、アリクイさんは人のいいマスターですね。

「そんじゃ俺なんか食います。さんざん相談に乗ってもらったんで」

せめてそれくらいはってメニューをめくると、タイムスリップ感ありました。

だってミルクセーキとかレモンスカッシュとか、いまどきこんなレトロなものを出す店そうそうねーですよ。

「うお、フルーツポンチまで。懐かしすぎる」

「フルーツポンチの発祥は、大正の頃だそうです。最近はSNS映えというんでしょうか。若い人の間でもはやっているそうですよ」

なんでも器の中央にサイダーのびんを立てて、そこに発泡系のお菓子を二、三粒投入。そんで、しゅわーっと噴水みたいにして食べるんだとか。

「時代は変わりますね。俺が昔食ってたフルーツポンチはもっと……あれ？」

記憶を探ってみたんですけど、自分がどんなポンチ食ってたか思いだせません。いやでも食ってた気はするんですよ。それもけっこうな頻度で。

「……まあいいや。とりあえず、フルーツポンチください」

アルコールでとろけた頭にも効きそうです。でもすっきりしちゃったら、マスターも普通のおっさんに戻っちゃうんでしょうね。

俺は名残を惜しむつもりで、店の中を見回しました。

こういう店ってあんまり入ることないですけど、居心地いい感じです。メニューもそうでしたが、初めてきたのに懐かしい雰囲気がありますよ。

「……ぶっは！」

左を見て、俺は盛大にふきました。

だって見つけちゃったんです。カウンター席の隅にカピバラを。

カピバラは眠たげな目で、ノートパソコンを見つめています。きっと本当は疲れたサラリーマンなんでしょう。シュールです。こんなん絶対笑います。

俺はちょっとわくわくしながら、今度は右を見ました。

「お……？」

窓際の奥のテーブル席で、ハトが古ぼけたタイプライターをつついています。ときどき翼で頭を抱えるので小説家感ありますが、実際はノミの市で買い物をした人でしょう。なんでこんなもん買っちまったんだ……的なね。

「お待たせしました。フルーツポンチです」

カウンターに取っ手のついたガラス鉢が置かれました。

すげーいいですねこれ。透明な器に色とりどりのフルーツって、女の子が喜びそうな絵面ですよ。うちの店で出したらオーダー増えそうです。

中に入ってる果物は、ぱっと見てわかるのはキウィとバナナ。黄色いのは桃ですかね。赤くて丸いのはスイカっぽいです。見栄えは鮮やか。しかもうまそう。

んではと、スプーンですくって食った瞬間、ぶわーっとなんかきました。

俺この味、知ってるって。

いやまあ、フルーツポンチなんて誰が作ってもサイダー味でしょうけど、なんか妙に懐かしい気持ちがしたんですよ。

「よろしければ、こちらの残りもどうぞ」

マスターがカウンターになにかを置くと、キリンといい音が鳴りました。

ラムネです。透き通った水色のビンに、ビー玉が入っているあれ。でも中身が半分ほどしか残っていません。

「このフルーツポンチ、ラムネで作ってるんですか？　サイダーじゃなくて」

「はい。最初はお客さんのリクエストだったそうです。小さなお子さんのいるご家族で、ラムネで作ると子どもが喜ぶからと」

変な言い方ですけど、そのとき俺はぞわっとしました。

なぜかマスターの話が、自分のことのように想像できたんです。うめぇうめぇ言ってフルーツポンチを飲む子どもの俺と、それをにこにこ笑って見ている親父。そういう光景が浮かんだんです。

まあ親父の顔は若かりし頃じゃなくて、遺影で見たやつでしたけど。

にしても妙な話ですよ。いままでの人生で、俺がフルーツポンチを食ったことは何度もあります。それが今日に限って親父のことを思いだしたのは、サイダーじゃなくてラムネ味だったからですかね。ラムネってノスタルジー感ありますし。

「その方は、厳密にはお客さまではなかったんです。でもなにかと縁があって、仕事も含めて長いおつき合いだったんですが……」

マスターが、あるんだかないんだかわからない肩を落としました。あからさまになにかあった感じです。今度はこっちが聞く番ですかね。

なんて思ったところで、店のドアがからんと鳴りました。

「聞いてください店長！　おねえちゃん、わたしの名前で店に出てるんですよ！」

店員のほうの宇佐さんが、キーキーとまくしたてながらやってきます。

「七瀬ちゃんは、宇佐ちゃんのことが大好きだから」

「『大好きだから』じゃないですよ！　店長知ってたんでしょう？　ちょっとかわいいからって、なんでも許されると思わないでください！」

マスターがぱたりと耳を伏せました。なごむ光景です。

さておき、宇佐さんは七瀬さんの妹っぽいですね。怒る原因を作ったのは俺だと思うんで、ここはオーナーをフォローしておきましょう。

「ちょっといいですか妹さん。うちは別に変なお店じゃねーですよ。女の子とおしゃべりできるってだけで、ある意味ここと変わらないです」

ガールズバーってのは、接客はできても接待はできないんですよ。キャバクラよりはカフェのほうが近い業態です。うちもケモ耳つけますしね。

「そういう問題じゃないです。使われるほうはすごくエモいんです」

「出た微妙に間違った『エモい』」

さすが姉妹と納得しているとにらまれました。俺は慌てて続けます。

「いやでも、家族の名前を源氏名にする人はけっこういるんですよ。全然縁がない名前だと、お客さんに呼ばれても気づかないんで。なので宇佐……じゃなくて七瀬さんには、悪気とかねーと思います」

「うん。去年も七瀬ちゃんうれしそうにしてたよ。川沙希発のアイドルグループオーディションに、宇佐ちゃんの名前で履歴書送ったたって」

「そんなの聞いてない……って、『去年』ってことは、わたし書類審査で落ちたってことじゃないですか！」

「あ……」

「エモさ三倍増しですよ！　どうしてくれるんですか店長！」

マスターがまた耳を伏せ、上目づかいでおびえています。

なんでしょう。この店スゲェ楽しいんですけど。

「なんでお客さんまで笑ってるんですか！」

「あ、いや、すいません」

「あの、駒沢さん。普段の宇佐ちゃんは、もっと落ち着いているんです。七瀬ちゃんのことになると、ちょっと自制ができないみたいで」

「店長余計なこと教えない！」

「あ、会計ここ置いときます。マスター、色々ありがとうございました。たぶん、つーか絶対またきます」

そんな感じで、俺はぶはぶは笑いながら店を出ました。

なんかやけにいい気分なんで、俺は落ちこんでたのかもしれませんね。

3

アルコールを多量に摂取すると、脳が麻痺《まひ》しちゃうそうです。

だから酒飲んで「記憶が飛ぶ」ってのは、正確には「覚えられない」ってことらしいですよ。毎晩店にくるのに、ちっとも俺の顔を覚えない客が言ってました。

あの日に有久井印房を訪れた俺は、マスターを始め、客まで動物に見えちゃうくらい脳が麻痺していたはずです。
　でも不思議なことに、記憶はしっかりあるんですよね。
なもんで俺は、あれから親父のことを考えています。
　俺は本当に、親父のことなんてなんとも思ってなかったんですよ。思い出なんても
のも、まったくなかったわけです。
　んでもマスターのところでフルーツポンチ食ったとき、うっすらですが親父のこと
を思い出しました。具体的になにってわけじゃないですけど、俺の人生には確かに父
親がいた時期があったんだなって。
　で、また酒の話に戻りますが、さっきの「覚えられない」を正確に言うと、その場
ではあったはずの短期記憶を、次の日に持ち越す長期記憶に書き換える機能がうまく
働かないんだとか。
　これって、なにかに似てませんか。
　そう。宇佐さんあらため七瀬さんが言った、『人の記憶二十年説』です。二十年た
ったら完全に忘れちゃうから、思い返して記憶し直せってあれ。
　その理屈で言うと、現在二十五歳の俺は、四歳のときにいなくなった親父のことを
思いだせません。

でも印房でギリ記憶がよみがえったのは、ラムネがトリガーだったと思うんですよね。親父と食ってたフルーツポンチ、ラムネ味だった気がするんです。音楽を聴くと、それを聴いてた頃を思いだしたりするじゃないですか。あんな感じで自力では思いだせない記憶って、聴覚とか味覚とかが刺激されるとかっけみたいな感じでよみがえるんじゃねーかなと。

てなわけで、俺はまた新幹線の人ですよ。

自分に残っていた親父の記憶が完全に消滅すると思うと、なんかチクショウ的な気持ちになっちゃったんですよね。疾走感がぶわーっ的な。

この間まで存在すら忘れていたくせに、自分でも意味がわかりません。

逆にわかるのは、うちには親父の写真が一枚もないってことですよ。でもおかんに理由を尋ねると、なんか機嫌が悪くなるんですよね。

なので向こうの家で見せてもらえないかと、乗ったわけです新幹線。四十九日がきて相続放棄しちゃうと、あっちの人とは永遠に切れちゃいますからね。

で、釜めしうめぇしてたら着きました軽井沢。

さてどうしましょう。ここが二十五歳フリーターのダメなところですが、俺は向こうの家にアポとか取ってないんですよね。

だったらいま電話しろって話ですけど、恭子おばさんは俺を「敵」と見なしてますし、美智さんは全然しゃべってくれないし、おばあちゃんはおばあちゃんで腹に一物ありそうだし、唯一まともなおっさんは名前も覚えてねーし。

なもんで俺は、観光案内板の前でうんうんうなっていました。

そしたらね、背後から声をかけられたんです。

「泊まるところをお探しですか？」

振り返ると、宇佐さんと同い年くらいの女の子が立ってました。

「あ、いや、そういうわけじゃねーです。ちょっと人を探しているというか、思い出を探しているというか」

「思い出！　素敵ですね。よければお手伝いしましょうか？」

「えっと、それはたいへんありがたいんですけど……」

そりゃ警戒しますすよ。俺にはツボや絵を買う金は1ラッセンもありません。

「申し遅れました。わたしはペンション『親戚のおじさんち』で働く、ピアノも弾《ひ》けちゃう美人従業員です。いまはお客さまをお見送りしたところです」

女の子が振り返り、駅前ロータリーに停《と》まっているワゴン車を指さしました。ボディの横っ腹に、その妙な宿名のロゴが入ってます。

美人かどうかはさておいて、これは「思い出を探すのを手伝ってやるから、うちに泊まってけ」って営業でしょう。ひとまずは、当たり障りなく返しますかね。

「『親戚のおじさんち』って、変わった名前ですね」

「カニはお好きですか？」

「え？　いや好きですけど、こんな山ん中でカニ食えるんですか？」

どのみちどっかには泊まらないとですし、カニも食えるなら願ったりです。

「聞いてみただけです。カニが好きな人に、悪い人はいないので」

なんか変な人につかまった感がひしひしと。まあこれも縁かと、俺はワゴン車に乗りました。一応はいい人っぽいですしね。

そしたら驚いたことに、これが正解だったんですよ。

「ペンションから歩けるって言いましたけど、これガチ登山ですよね？」

俺はいま、肩でぜいぜい息をしながら山を登っています。植物のつるにつかまらないと進めないレベルの、大自然のジャングルを。

「わたしも、こっちにきたばかりのときは大変でした。でも住めば筋肉です。いまではカニの殻も素手で割れます」

自称『美人従業員』の文乃《ふみの》さんは、森ガールばりにふわっとした人です。でもずんずん道を切り拓《き ひら》く姿は、勇敢な冒険者のようでした。俺はひいこら言いながら、ついていくのが精一杯です。

さて、ペンションに向かった俺がなぜこんな苦行を強いられているかというと、親父の店に行くためですよ。

山は広いけど世間は狭いというか、聞けば文乃さんは、親父の店の数少ない客でした。小ガクが言うところの『ふみちゃん』で、恭子おばさんが言うところの『カニの人』です。俺が気づいていなかっただけで、葬儀にも参列していたそうで。

その流れで親父の店を見たいと気軽に言ったら、ご覧の有様《ありさま》ですよ。

まあ息切れはしますけど、山ん中を歩くのは気持ちいいのでよしとしましょう。

「着きましたよ、大ガクさん。ここがお父さまのお店です」

文乃さんが手を向けた先にあるのは、完全に小屋でした。

薪とかしまっておく場所的なこぢんまり感です。隠者の蟄居先《ちっきょさき》みたいなぽつねん感です。なんか屋根にハトとか留まってますし。

そんな小屋の引き戸を、勝手知ったる感じで文乃さんが開けました。

「いらっしゃいませ。お水どうぞ」

出迎えてくれたのは、連絡しておいた小ガクです。いまは夏休みなんで、毎日ここで勉強したり昼寝したりしてるそうですよ。

「ありがとう小ガク。生き返った」

やたらうまいコップの水を飲み干すと、俺は店の中を見回しました。

外のボロ具合とは裏腹に、中はけっこう小ぎれいです。

といってもカウンターの板はつぎはぎですし、スツールは切り株でした。喫茶店というより、「山小屋風男の隠れ家」って感じですかね。

きっと、親父が手作りしたんでしょう。なんだか楽しそうに生きやがってムカつきますね。これもただの嫉妬ですよ。音楽フェスとか行って、彼女を肩車している兄ちゃんの後ろにいたときの気分です。

「小ガク。あの隅にあるちっちゃい機関車みたいなのが、例の焙煎釜？」

「そうです。ぼくはかっこいいと思います」

わかる気がしました。豆を焼くざるっぽいとこ周辺のレバーとか、レトロなストーブみたいな太い煙突は、スチームパンク感あって嫌いじゃないです。

「藤丘さんのコーヒー、昔よく行ったお店の味と似ていておいしかったんです。飲めなくなってしまって、非常にエモく思われます」

文乃さんがしんみり言いました。なのでエモいは見逃します。

「でも親父のコーヒー豆って、どっかから仕入れてたわけですよね？　だったら調べて同じ豆を使えば、味も近いの飲めるんじゃないですか」

「お父さん言ってました。コーヒーの味を決めるのは焙煎だって」

小ガクが、ちょっと機嫌を損ねた顔です。

「豆はその年によって微妙に味が違うけれど、それを調整して同じ味にするのが焙煎士の仕事だって。とっても難しいんだって。そう言ってました」

「……へぇ」

いっちょ前に職人みたいなこと言ってたんですね。

そしてなんで、俺はちょっと不機嫌なんですかね。

「大ガクさんは、飲食店で働いてらっしゃるんですよね？　焙煎できませんか？」

「文乃さん、初対面ですごい無茶ぶりしますね」

「ぼくは、子どもだからコーヒーが飲めません」

小ガクが床を見つめています。

「大人になったら、お父さんのコーヒーが飲めると思ってたのに……」

同時に、文乃さんが「うっ……」と声を漏らしました。目元をハンカチでぬぐいながら、なんかチラッチラこっち見てます。

「いやちょっと待って。これなんか俺が一念発起して、親父の跡を継ぐみたいな流れになってません？　ふたりで小芝居の打ち合わせしてません？」

「めっそうもありません。ただこのお店は、近く手放すとうかがったもので」

なんでも親父には借金があったそうで。この店を処分しないと美智さんひとりではどうにもならないって話でした。小ガクが夏休みを店で過ごしてるのは、親父との思い出を心に刻むためらしいです。

こいつはまだ十歳のガキのくせに、俺と同じこと考えてるんですね。

というか、いままでそれをしなかった俺のほうがガキなのかもしれませんね。

いいかげん認めますよ。

葬式の日も、いまも、俺は親父の思い出を語る小ガクに嫉妬していました。

親父のことなんてなんとも思ってなかったくせに、親父のことを知っている子どもが現れた途端、ふざけんなって気持ちになりました。

人間ってのは勝手な生き物ですね。

でも思っちゃったんだから、しょうがねーじゃねーですか。

「大ガク。夏の間だけでいいから、ぼくと一緒に焙煎してくれませんか。ぼくはお父さんのコーヒーを、自分でいれられるようになりたいです」

「いや無理だって。俺も一応仕事あるし、完全に素人だし」

「わたしも最初は素人でしたよ。山登りの」

文乃さんがへらっと笑いました。なんだか分《ぶ》が悪いです。

「毎日じゃなくてもいいです。それに、お父さんのノートがあります」

小ガクが古ぼけたノートを持ってきました。

「つか焙煎って職人の世界でしょ。こんなの見たって同じ味とか絶対無理……え」

ノートの最初のページをめくって、俺は声を失います。

だって普通に考えたら、コーヒーのうんちくが書いてあると思うでしょう。

「なんで初っぱなから、フルーツポンチのレシピ？」

しかもサイダーじゃなくて、ラムネを使うやつです。

「お父さんの店のメニューは、コーヒーとフルーツポンチだけです」

「どんなセンスだ親父」

「子どもが喜ぶメニューはこれしか知らないって言ってました。ぼくも好きです」

聞いた瞬間、頭の中に白い光が見えました。

「うちのペンションのお客さんが、ときどきハイキングでここへくるんです。お子さん連れが多かったんで、藤丘さんが用意してくださったんですよ」

文乃さんの声を聞きながら、俺は親父の記憶を思いだし——たりはしませんよ。するわけないじゃないですか。ドラマじゃあるまいし。

ただまあ、親父は俺のことを覚えてたんでしょうね。俺と違って。

なんですかね、この感情。

なんですかね、家族って。

なんか猛烈に叫びたいというか、ムカつくっていうか、愛っていうか。

ひとことで言っちゃえば、たぶん「エモい」なんでしょうね。

4

葬儀の日から、ひと月と少しが経ちました。

川沙希の夏はアホみたいに暑くて、親父の店で小ガクや文乃さんと試行錯誤しながら過ごした日々が恋しいです。

まあ有久井印房は、いい感じに空調が効いていて快適ですけどね。

「こちらが、ご注文のハンコになります」

カウンター席に座る俺の前に、マスターが実印を出してくれました。

その姿は、初めて会ったときと同じミナミコアリクイです。

俺はシラフです。だから幻覚じゃありません。説明しましょう。

一ヶ月前に軽井沢を訪れた俺は、小ガクと焙煎特訓をすることになりました。

でまあ、バイト先のオーナーたる七瀬さんに状況を話しつつ、何泊かしてから川沙希に戻ったわけですよ。着替えとか持ってきてなかったんで。

んでついでに有久井印房に寄ったわけです。マスターって本物はどんな顔してんのかなって。そしたら今日と同じで、マスターはアリクイだったんですよ。そんときはこんな感じの会話をしました。

「あの、マスターってほんとにアリクイなんですか」

「はい。ミナミコアリクイです」

「えっと、どうして動物がしゃべるんですかね」

「どうしてと言われても……オウムや九官鳥もしゃべりますし」

「でもあれってモノマネで、言葉は理解してないですよね？」

「犬や猫も、人間の言葉は理解します」

あとから聞いたんですけど、酒を飲んで幻覚って見ないらしいですね。「幻視」はアルコール中毒の人が断酒したときの症状だって、俺を店の女の子と間違えて口説いてくる客が言ってました。

だからノーパソいじってたカピバラもカピバラで、タイプライターをつついていたのも普通にハトです。宇佐さんだけは人間ぽいですけど。

思い返すと、俺が最初に印房へきたのは夕方だったんですよね。

いわゆる「逢《お》う魔《ま》が時《とき》」ってやつです。人ならざるものたちの時間ですよ。マスターたちが「やだな〜怖いな〜」系の存在だったと考えると、人の言葉をしゃべることとかしっくりきます。宇佐さんはゲゲゲのポジションっぽいですけど、本気で腹を立てるとウサギ娘に変身するのかもしれません。

だとしてもみんないい人ですし、マスターは怒ってもかわいいんですよね。

いやそんときね、ハトとカピバラがケンカをおっぱじめたんですよ。宇佐さんいわく、『最後の戦い』だとかなんとか。

んでそれを仲裁するべく、マスターが両手を広げて仁王立ちしたんです。

「なんできみたちはそんなに仲が悪いの！」

って。

動物の威嚇って体を大きく見せるのが基本ですけど、マスター普段から立ってるじゃないですか。おまけに見るからに、抱き心地よさそうじゃないですか。

「出た！　新・威嚇のポーズ！」

マスターがどーんと構えた瞬間、テーブル席でクリームソーダ飲んでいた女子中学生が、すっ飛んでいって抱きつきました。その後もしばらくの間、マスターはお客さんたちにかわるがわるなでられまくってましたよ。

ちなみに宇佐さんによれば、「旧・威嚇のポーズ」と比べると、五センチほど肩が上がってるらしいです。前にも増してかわいくなったんだとか。

というわけでね。マスターはバケモノなんでしょうけど、俺はトトロ的な生き物って解釈することにしました。ちゃっかり肩の辺りをなでさせてもらって、これ永遠に触ってられるやつだって思いましたし。モフモフは正義です。

話を戻しましょう。

ここ一ヶ月の俺は、軽井沢で焙煎の練習をして、こっち戻ってきてバイトしてマスターをモフって、また夜行バスで長野の山中へってな生活でした。

そろそろ新幹線代がきつくなってきたんですよね。同じ理由で、宿も「親戚のおじさんち」から店ん中に毛布敷いてざこ寝にしてます。

んで肝心の焙煎ですけど、思った以上に大変でしたこれ。

親父のノートはけっこうしっかりしていて、不良豆の見わけ方とか、焙煎機の調整の仕方とか、相当細かく書いてあるんです。だから基礎をネットで学んで、勘所《かんどころ》はノートに頼ってで、なんとか機械は動かせるようになりました。

でも初めて焙煎した豆で入れたコーヒーは、最っっっ高にまずかったです。

なんか妙に酸っぱいくせに苦くてね。いつもへらっとしている文乃さんが、真顔のまま五分しゃべらないレベルですよ。

そっからは、試行錯誤の日々です。親父のノートと機械のマニュアルを見れば、作業としての焙煎はできました。でも文乃さんがオーケーを出してくれる味にはほど遠くて、俺は何度もマジべこみして途方に暮れましたよ。

そのたびに励ましてくれたのが小ガクです。小ガクは普段から店に入り浸ってたらしく、親父がなんとなく口にした言葉を覚えてるんですよね。

そういうつぶやきが、けっこうヒントになりました。問題をひとつ乗り越えるたびに、小ガクとイェーなんてハイタッチしてね。

んでまあ、焙煎の合間にそばを打ったり、フルーツポンチ作ったりって生活は、悪くねーなと思ったんです。山は静かなもんだと思ってたんですが、虫やら鳥やらがカナカナほろほろうるさいんで、さびしくもないですしね。

そんな自然に囲まれた店の中で、小ガクの思い出話を通じて知らなかった親父を身近に感じると、やっぱ色々考えちゃうわけです。

その結果、俺はこうしてマスターからハンコを受け取ってるってわけですよ。

「駒沢さんは、相続することにしたんですか？」

マスターに手渡されたハンコは、いままで俺の生活には無縁なものでした。相続を放棄するだけなら、作る必要すらなかったものです。

「いや、ハンコ作ってもらってなんですけど、実はまだ迷ってます」

俺は、親父の跡を継いで店を続けようかと思ってます。

まあ商売としては成り立たないでしょう。でも俺の人生なんてちゃらんぽらんですし、小ガクがコーヒーを飲める歳になるくらいまでは、こんな生活してもいいかなと思っちゃったわけですよ。

俺が相続放棄をすると、親父の店は売られます。でも遺産分割協議で店をくれって言えば、孫になにか遺《のこ》したいっていうおばあちゃんの願いもかないます。

まあその場合は、もれなく借金がついてくるわけですけど。

んでもね、七瀬さんが言ってくれました。「夏を動かした責任は取る」って。

肩代わりしてくれんですかって聞いたら、金がないときはいつでもバイトしにこいってだけでした。まあありがたいですけどね。

だから俺が親父の跡を継ぐのは、そこまで非現実的じゃありません。

じゃあなんで迷ってるかってーと、俺が「二十五歳」だからですよ。

「俺は新卒で入った会社もソッコーで辞めて、その後はずっとぷらぷらしてます。でも母親はちゃんと就職しろってうるさいし、自分でもなんとかしなきゃと思っていたわけですよ」

俺が唐突に思いをぶちまけても、マスターは嫌な顔をしません。まあもともと表情ないですけど、まなざしが親身なんですよね。

「そこへね、商売としては微妙ですが、親父の遺してくれた店を継ぐって、形だけはうまい話が転がり込んできたわけです」

親父が死んで、俺の夏は動きました。でもこの先もノリだけで動いちゃうと、未来の俺が文句を言いそうなんですよね。

「俺は飽きっぽいんです。なにをやっても長続きしないんです。いまはやる気があるんですけど、いつ『もういいや』ってなるかわかりません」

そうなったら小ガクは悲しむでしょう。そして俺は、安易に店を継ぐなんて判断をした、「過去の自分」をぶん殴りたくなるでしょう。

いまの俺は、その過去にいます。

そして俺は、未来の自分が信用できません。

だって俺は、人生のタムリミットたる二十五歳になるまで、ずっと逃げ続けてきたダメ人間ですから。

「絶対継ぐべきです！」

そう断言したのは、知らぬ間に話を聞いていた宇佐さんでした。

「え。なんでですか」

俺が理由を尋ねると、「見えないところで応援している人がいるからです」なんて言って、宇佐さんは接客をしに去っていきます。

「……なんかよくわかんなかったけど、マスターはどう思いますか」

「答えになるかはわかりませんが……」

マスターが前置きして、真剣な無表情で続けます。

「以前にもお話ししたように、相続するにしても放棄するにしても、駒沢さんはわざわざ実印を作る必要はありません」

「それはほら、マスターには色々お世話になったんで。恩返し的な意味です」

最初にフルーツポンチを頼んだのと同じ動機ですよ。

「ハンコは就職や、結婚や、住居の購入など、人生の節目に作るものです。人がわざわざハンコを作るとき、そこには決意があります」

「決意はまあ……あると思いますよ。でもいまだけかもしれません」

「それでいいんじゃないでしょうか。未来のことは誰にもわかりません」

俺は手のひらの上で、決意を転がしました。

「……このハンコ、俺なんかの決意としては立派すぎですよ。なんつーか、食い詰めた浪人が刀だけ将軍さまから賜った気分です」

「印即是縁《いんすなわちこれえん》という言葉があります」

カウンターの向こうで、マスターがちょっとだけ身を乗りだしました。

「ハンコを彫るには縁を知らなければならないという意味なんですが、これはぼくたち職人が、お客さまをどれだけ応援できるかということなんです」

「マスターは、俺を応援してくれるんですか？」

「はい。自分で覚悟を決めたから、駒沢さんはハンコを注文されました。ぼくは新しい一歩を踏み出そうとするお客さまのことを、いつも、こう、がんばれっ……と思いながら、ハンコを、彫って、います……」

拳（？）を振るって熱意を伝えてくれたマスターですが、途中で気恥ずかしくなったのか、爪でコリコリとカウンターの隅を削り始めました。

「でもぼくだけでなく、駒沢さんがハンコを作った決意を応援してくれる人は、たくさんいると思います」

確かにマスターだけでなく、七瀬さんや、小ガクや、文乃さんも、俺のことを応援してくれてるんだと思います。俺がガチでやる気なら、おかんも心中複雑ながら反対はしないでしょう。

思えば、動画を配信していた頃もそうでした。たたかれたりもしましたが、「いいね！」とサムアップのアイコンを押されたり、再生数が増えているのを見ると、やっぱりうれしかったもんです。

宇佐さんが言った『見えないところで応援している人』って、俺には気づけないけどいるんでしょうね。もしかしたら俺も、そば打ち動画を通じてネットの向こうにいる誰かを励ましたことがあるのかもしれません。

「ぼくも、ハンコを彫り始めたきっかけは偶然でした。たまたま話が転がりこんできたと言ってもいいと思います」

「そうなんですか？」

「はい。でもそれが『縁』なんだと気づきました。よくも悪くも、人は人から影響を受けます。自分でそれに気づくのは、どこかで人生を振り返ったときです」

まあぼくはアリクイですけどと、マスターがまたカウンターを削りました。

『その場しのぎをするために、うまい話に飛びつこうとしている』

それが、いまの俺が客観的に見た自分です。

でも実際に結果がわかるのは、変わった人生の先にいる俺だけですよね。

「なんかいま、俺スゲェざわざわしてます。もう二十五だし、これが人生を変えるラストチャンスって考えていいんですかね」

「人生にラストチャンスなんてないさ」

そう言ったのは、カウンター席の端にいたカピバラでした。

「たとえきみが八十歳だとしても、新しい行動はすべて人生の第二部、第三部の始まりになる」

「俺の人生の、第二部……」

ぐっときました。このバケモノはかっこいいことを言いますね。

「かぴおくんが言った通りです。駒沢さんがハンコを作ったのは、自分の背中を押すためだと思います。相続、がんばってください」

「ハンコだけに、押印してます」

押印と応援をかけたようです。かぴおくんの台無し感、嫌いじゃねーです。

とまあ、そういうわけでね。

相談に区切りがついたんで、そっからは世間話をしました。フルーツポンチって鮮度を保たないといけないし、数さばけないと赤になりませんか、とか。親父は利益度外で出してたんでしょうけど、この店でもきついと思うんですよね。

「うちでも数は出ませんけど、ぼくが果物を好きなので」

だそうです。同業者として、マスターから学ぶことは諦めましょう。

じゃ、そろそろ軽井沢に戻りますかね。

「マスター。本当にありがとうございました。向こうに行ったら、ちょっと本気でがんばってみます。色々話を聞いてもらった恩は、いつか必ず返しますんで」

俺が頭を下げると、マスターが「あの……」と遠慮がちに言いました。

「でしたらお言葉に甘えて、少し相談に乗ってもらいたいんですが」

「お、なんです？　俺でよければなんでも聞きますよ」

「実は最近……縁のあるお客さんたちがよそよそしいんです」

マスターが辺りをうかがいながら小声で言います。

その視線をたどってみると、テーブル席に三十代くらいの女性がふたり座っていました。ふたりは俺が見ていることに気づくと、首から提げたＩＤカードが浮き上がるくらい、ぶんと顔を背けます。

「もしかしたら、ぼくがなにか気に障ることをしたのかもしれません。駒沢さんのほうで、なにか心当たりはありませんか？」

相当落ちこんでいるらしく、マスターの耳はぱたりと伏せられていました。

「すんません。ちょっと俺では力になれそうにない感じです。でもたぶん、大丈夫な気がしますよ」

気にくわない店主のいる店になんて、わざわざこないですしね。マスターの誕生日をサプライズで祝おうとか、そんな感じじゃないでしょうか。

それではと、俺は会計をすませて店を出ました。

前にも思いましたけど、有久井印房を出た瞬間っていつもいい気分です。食ってるのはフルーツポンチばっかですけど、幸福が満腹になるって感じですかね。

なんて思ってたら、向かいの一寸堂の前に変な人がいましたよ。

年齢的には宇佐さんや文乃さんと同い年くらいですかね。見た目は頭に三角巾をつけてエプロンを巻いた、パン屋の店員ぽい女の子です。

ちょっと目つきが悪い感じですけど、けっこうな美人さんですね。電柱の陰に隠れてこちらの様子をうかがってなければ、見とれちゃったかもしれません。

「あ」

うっかり目が合いました。しかし俺が逃げるより早く、パン屋さんは鼻息荒くこちらへやってきます。

「わ、わ、わたしは怪しいものではございません！」

こんなに怪しい人、めったに見ませんよ。

「本当です。わたしは見ての通り、ブーランジェリー・MUGIの従業員です」

あんまり見ての通りませんけど、このパターンは知ってます。昨今の二十歳前後の女性は、変な子ばっかですから。

「わたしは有久井印房におけるモカロールの謎を探っています。先ほどまでこの黒板には、『モカロール売り切れました』と書かれていました」

従業員さんが、店の入り口脇に置かれたテーブルを指さしました。上に置かれた黒板には、『本日の手作りケーキ　ミルフィーユ』と書かれています。

「ああ。俺も売り切れメッセージは見た記憶がありますよ。いまは単純に売り切れじゃなくなったんじゃないですか。マスターがミルフィーユを追加で作ったとかで、売り切れのメッセージを消したんでしょう」

「違います。今朝は『本日の手作りケーキ　ミルフィーユ』と書かれていました。それが目を離した隙に、『モカロール売り切れました』に変わっていたんです。そしていま再び、『本日の手作りケーキ　ミルフィーユ』に戻りました。この謎が解けるまで、わたしはおちおち仕事もできません」

ほんと、この街は自由人ばっかですね。

「よくわかんねーですけど、とりあえず応援しますよ。がんばってください」

マスターと話して、俺は気づきました。

世の中って、けっこう応援で成り立ってるとこありませんか。

好きなサッカークラブでもアイドルでもいいですけど、応援してた相手が結果を出したとしましょう。そしたら自分のことのようにうれしいですよね。

でも世の中を斜に構えて見てるやつらは、「ただ見ていただけの人間が、自分がなにかを成し遂げた気になってる」なんて笑います。

まあその気持ちは、わからないでもねーですよ。俺もキラキラしている人を見ると嫉妬するタイプでしたからね。

でもね、こんな風に謎のパン屋さんを応援してみて思うわけです。

彼女が見事に謎を解いたら、俺はまあうれしいですよ。ちゃんとがんばれーって思いましたからね。

そんでたぶん、次にこう感じると思います。

「俺もがんばないと」

って。

誰かががんばってる姿を見ると、人はがんばれるんだと思います。

俺がいままでがんばれなかったのは、がんばってる人をちゃんと見ようとしなかったからですよ。七瀬さんとか、おかんとか、親父とかを。

明日は親父の四十九日です。

なので俺は、ちょっとがんばってみようと思います。

俺ががんばると、俺を応援してくれた人たちががんばれると思うんで。

5

やばいです。なにがやばいってもう秋です。

小ガクと焙煎の特訓したり、そばを打ったり、近所の農家に仕入れ交渉したり、宣伝用のSNSアカウント作ったり、ふたりでポケモンしたり、営業許可取ったり、店の看板を作ったりしてたら、オープンがこんなに遅くなっちまいました。

四十九日の日、俺は藤丘さんサイドに店をくれと直訴しましたよ。

借金もすべて引き継ぐんで、おなしゃすって。

恭子おばさんは苦虫嚙みまくってましたが、最終的には了承してくれました。俺の真新しいハンコに、覚悟を見てくれたみたいです。

そうなると文句を言う人はもういないわけですが、問題はうちのおかんですよ。

だって俺は、別れた亭主の再婚相手と交流持ってるわけですから。うちのおかんはいまでも親父を愛していて、ずっと指輪をしていますし。

でも言わないわけにもいかないってことで、きちんと伝えましたよ。

そしたらね、おかんがスゲェいい顔で笑ったんです。

「やっと肩の荷が下りたわ」

って。

俺が藤丘の家に行くこととか、おかん全然気にしてないんですよ。

むしろ「一度ご挨拶に行かないと」、なんて言うんですよ。

じゃあなんでずっと結婚指輪してんのって聞いたら、

「太って抜けないからに決まってるでしょ。言わせんじゃないわよ」

だそうです。これ笑ったほうがいいんだろうなってことで、俺はおかんを指さしてゲラゲラしました。釜めし弁当の釜が飛んできました。

実際はどうなんでしょうね。写真が一枚もないこととか考えると、おかんは親父に負けたくなかったんじゃねーかと思います。自分ひとりで立派に子育てしてやるぜ的なね。でも俺がこんな有様だから、親父にダメな息子を見せたくなかったのかもしれません。俺はもっと早くがんばるべきでした。

まあそんな感じで、今日は俺たちの店のオープン初日です。

「『兄弟の珈琲工房』って名前、うちのペンションとセンスが似てますね」

最初のお客さんは、もちろん文乃さんです。そしてお察しの通り、店名はパクりました。『親戚のおじさんち』と『有久井印房』の両方から。

「ぼくは『Ｃａｆｅ　ＧＡＫＵ』がいいって言いました。兄弟じゃないですし」

「小ガク。親父はそういうオシャレ感求めてねーから。あと兄弟じゃない兄弟なんていっぱいいるから」

自分がこんなことを言う日がくるとか、夏前の俺には想像できませんでしたよ。

まあたかだか二十五歳で、人生詰んだりしないって話ですよね。有久井印房のかぴおくんが言ったみたいに、人間は何回でもリスタートできるってことですよ。

そんな感じのことをしみじみつぶやくと、文乃さんが言いました。

「わたしの恩師は、五十歳になってプロのピアニストとしてデビューしました。人生って、波にさらわれるカニみたいなものですね」

そのたとえはちょっとわかりませんけど、必死にコントロールしても、だらだら生きても、どっかのタイミングで勝手に転がっちゃうのが人生なんだと思います。似たようなことを、ボブ・ディランも歌ってましたね。

きっと親父も、そうやって転がりながらこの店にたどり着いたんでしょう。

そんでたぶん、そういうのはすべてが偶然ってわけでもないんでしょう。

「お……？」

店の引き戸がきしんだので、俺と小ガクは顔を見合わせました。一応ネットで宣伝はしましたが、まさか初日から客がくるとは思ってませんし。

そしたらまあ案の定というか、入ってきたのは恭子おばさんを筆頭に、おばあちゃん、美智さん、名前を忘れたおっさんという、親戚一同のみなさんでした。

「わざわざきてあげたんだから、なんか出しなさいよ」

恭子おばさんに言われ、俺と小ガクはうなずきます。

まずは俺が焙煎した豆を挽《ひ》きました。そんで小ガクが印房のマスターみたいに切り株の上に乗って、上空からポットで「の」の字を描きます。

やがてサーバーに落ちた渾身《こんしん》のコーヒーを、俺たちは四人に振る舞いました。

そしたらね、ひとくち飲んで女性三人が泣きだしたんです。

「親父の味、出せてますか？」

俺は聞いちゃいましたね。自信に満ちたドヤ顔で。

「知らないわよ。あたしは徹のコーヒーなんて飲んだことないし」

「え？　じゃあ恭子おばさん、なんで泣いてるんですか」

「あんたと小ガクを見て泣いてんのよ！　あたしたちには、ふたりに手を貸してる徹の面影が見えんのよ！　なんなのよ徹！　なんであんた、生きてる間にそうしてやらなかったのよ！」

そんなん俺に言われても困ります。鼻にくるんでやめてください。

「岳ちゃんは、徹に似ているよ。ねえ美智さん」

おばあちゃんが言うと、美智さんが口元を押さえてうなずきました。

全然うれしくないんですけど、水を差す気にもなりません。

みんな、俺が見えないところで応援してくれていた人たちですから。

「どうかな。大ガクくんも、みんなと一緒に住んでみたら。徹くんの部屋も空いていることだし」

名前を忘れた恭子おばさんの旦那さんが言いました。

「いやさすがにそれは……」

空気読んでくれって感じでしたけど、どうやら読めてなかったのは俺のようで。

「私からも、お願いします」

美智さんが頭を下げ、小ガクにおばあちゃんまで続きました。

これ断ったほうが失礼な空気ですが、本当にいいんですかね。美智さん的には嫌でも親父を思いだして、色々つらそうですけど。

「主人は、学にとって初めての父親でした」

それって、生まれたときにはすでに父親がいなかったってことですかね。

「この二年間、父親ができた喜びで学は毎日幸せそうでした。けれど、たった二年でそれを失ってしまったんです。大好きだった父親が亡くなったのに、この子は一度も泣いてないんです。本人はそれを血がつながっていないからだと思っていますが、足りないのは思い出です」

はっとしました。小ガクも俺と同じだったんです。

過ごした時間が短すぎて、記憶がまだ思い出になってないんです。だから親父の死を理解しながらも、ピンときていなかったんです。

「岳さんには、主人の面影があります。ちょっとした仕草や、気ままな性格が、あの人にとてもよく似ています。だから、この子がいつかきちんと泣くために……」

美智さんがハンカチで口元を押さえました。

七瀬さんは『記憶二十年説』を主張してましたが、それは大切な思い出レベルの話でしょう。日常のささいなことなんて、人間は明日にも忘れてしまうもんです。

でもそれも、フルーツポンチみたいな引き金があれば違うでしょう。

小ガクにとっては、俺の存在そのものが親父のささいなことを思いだすきっかけになるかもしれません。

そうして忘れていたささやかな記憶がちゃんと思い出になったとき、小ガクは初めて泣くんだと思います。たぶん俺も一緒に。クッソエモいですね。

「親父の部屋は縁起悪そうなんで、物置とかがいい感じです」

俺が照れ隠しのふりで本音をぶっちゃけると、また引き戸が開きました。

「うわ、混んでる」

「本物の『そば男』！　ウケる！」

ここへきて、初めて知らない顔のふたり組が現れました。つまりはお客です。

俺は親父のやっていた店に、メニューをひとつ加えました。そばです。まあ素人が作るそばですが、ガールズバー時代にはまかないで評判よかったんですよ。こっちは水もいいってことで、勇気を出してメニューに加えてみました。少しでも稼がないと、借金ありますしね。

だから宣伝だってします。俺は久しぶりに、動画配信を再開しました。そばをこねながら俺がぶつぶつ言うだけなんですけど、昔のファンがぽつぽつきて再生数を増やしてくれました。応援つーのは、ほんとありがたいもんです。

「ウケる！　メニューにフルーツポンチあるんだけど！　おそば屋さんのスイーツって、普通あんみつじゃない？」

まあそうですよね。コーヒーとそばとフルーツポンチって、こだわってんだかないんだかわかりませんし。

「そば屋でフルーツポンチ出してなにが悪いのよ！」

恭子おばさんが、女性客ふたりを一喝しました。

おばさんが相続放棄を迫ってきたのは、きっと守りたかったんだと思います。

うちのおかんと違って、弟の味方をしてくれたおばあちゃんや、美智さんや、小ガクたちを。

みんなの中にある、親父の面影を。

そんでたぶん、最後には俺も味方として数えてくれたってことなんでしょう。

まあ心情的にはうれしいんですけど、正直オープン初日からネットで炎上しそうなことやめてほしいです。

「えーと、よかったら、食べてみませんか。この辺りは果物がうまいし、うちのフルーツポンチはちょっと変わってて、サイダーじゃなくてラムネで作るんで」

俺は必死にフォローしました。

「え？　でもラムネとサイダーって、容器が違うだけで中身一緒でしょ？」

マジかっつって、ネットで調べたらマジでした。

じゃあなんで、俺は印房でポンチ食ったときに親父を思いだしたんでしょうか。

考えつくのは、子どもの頃の俺が印房でポンチ食ったって可能性です。

つまりマスターが言ってた『縁のあるお客さん』ってのが、親父だったと。

さすがにそれはないって話ですよね。

当時四歳とは言え、その場にアリクイのマスターがいたら『記憶二十年説』をぶち破って絶対に忘れないでしょうし。サイダーじゃなくてラムネ使うのも、そこまで独自の発想でもないですしね。

それで思いだしました。確かマスター、その客とは『仕事でもつき合いがある』とか言ってましたよね。

で、親父が豆を卸していたお客さんのリストを見たらありましたよ。一番上に、『有久井印房』って。

そういやマスター、豆を変えたって悲しそうな顔してましたっけ。

「……うし。俺はもっかい焙煎機回すから、小ガクは先に帰ってよし」

本日の営業終わりに、俺は言いました。

「ぼくもやる」

「学校に遅刻するやつは、二度と店に入れねーから」

「……わかった。無理しないでね、大ガク」

人生で無理したことは一度もねーですけど、初めてやってみようと思います。

俺は親父の焙煎を再現して、マスターを応援したいんで。

ARIKUI no INBOU

魔女と魔法の
モカロールと消しハン

1

木曜日の放課後、わたしは飼育小屋の中にいた。

「ねえねえ、ぽん太《た》はなんて言ってるの？」

隣で水やりの器を拭いていた渋谷《しぶや》さんが、ウサギの一匹を指さす。

「『見てもいいけどさわるなよ。おまえとはまだそんなに仲よくない』って」

わたしの答えに、渋谷さんの顔がぱあっと輝いた。

「すごい！　それって花子《はなこ》ちゃんとは仲がいいって、ぽん太が言ってるってことだよね？」

「わたしは五年生になってから、ずっと飼育委員だから」

「いいなあ。動物の声が聞こえるなんて、うらやましいなあ」

先週川沙希《かわさき》に引っ越してきた渋谷さんは、ちょっと風変わりな子だ。

どのへんが変わっているかというと、わたしが『動物の声を聞くことができる』と知ると、大喜びで飼育委員に立候補してきたくらい。

「別に……いいことばかりじゃないよ。男子にうそつき呼ばわりされるし」

「それは憧れの裏返しだよ。誰だって花子ちゃんみたいになりたいもん」

渋谷さんがしきりに「いいなあ」を連発するので、わたしはちょっと申し訳ない気持ちになった。

だってぽん太の言葉は、わたしが適当に言っただけだから。

人間に動物の声なんて聞こえるわけがない。そんなの常識。

つまり、わたしがしているのは「ねつ造」というやつ。

でもわたしだって、全部が全部うそをついているわけじゃない。

一度だけは、本当に動物の声を聞いたことがあるから。


あれは去年の暮れ。まだわたしが四年生だったときのこと。

わたしは両親と一緒に、多摩川でバドミントンをしていた。

お母さんが山なりに返してくれたシャトルめがけて、わたしは思い切りラケットを振った。するとなぜか、シャトルは真後ろへ飛んでいった。

しかたがないので、わたしは草むらの中へ拾いにいった。

枯れた草をラケットでかきわけ、あっちこっちとシャトルを探す。

けれど、全然見つからない。

でも家族三人で出かけるのは久しぶりだったので、わたしは諦めたくなかった。

どんどんどんどん、奥のほうへ進む。

すると突然、視界がぱっと開けた。

目の前に、紫色の花が咲いた原っぱが広がっている。

その真ん中辺りに、一匹の黒猫がいた。

黒猫はしばらくじいっとわたしの顔を見てから、

「こっちなの」

としゃべって、脇をぴょんとすり抜けていった。

びっくりしてすぐには動けなかったけれど、わたしはどうにか振り返って猫を追いかけた。姿は見えないけれど、草の音がするほうへ走る。

えいと緑の中に飛びこむと、そこに黒猫はいなかった。

その代わり、足下に探していたシャトルが落ちていた。

わたしは大急ぎで両親のもとへ戻り、興奮気味にこの体験を報告した。

「あら素敵ね。わたしも好きよ。『魔女の宅急便』に出てくる、黒猫のジジ」

お母さんは笑っていた。信じていないんだと思う。わたしは猫がしゃべるのを聞いたけれど、自分が魔女になったと言いたいわけじゃない。

悔しかったので、わたしは両親そっちのけでまたしゃべる猫を探した。

でも最初からいなかったみたいに、黒猫の姿はどこにも見当たらない。

「黒猫はいたのかもしれないし、いなかったのかもしれない。本当にしゃべったのかもしれないし、草の音に鳴き声が混ざって、花子には『こっちなの』と聞こえたのかもしれない。そういうことで、いいんじゃないかな」

お父さんは優しかったけれど、やっぱり信じてくれなかった。

次の日、わたしは学校でもこの話をした。

けれどみんな信じてくれるどころか、「あはは」と笑っている。

男の子なんて「うそつき」呼ばわりしてくるので、わたしはムキになった。

「本当だもん！　わたしには動物の声が聞こえるんだもん！」

「じゃあ、ウサギのぽん太はなんて言ってるんだよ」

「それは……わたしに遊んでほしいって」

「はいうそー。ぽん太は校長先生以外になつきませーん」

「うそじゃないもん！」

「じゃあ梶賀谷《かじがや》さん、来年からは飼育委員やれよな」

うちの学校は、希望者のみが飼育委員をやることになっている。

低学年のうちはみんなやりたがるけど、四年生になると塾や習い事が忙しくて、誰も飼育委員に立候補しない。だから土日の世話も含めて、基本的には校長先生だけがウサギと触れ合っている。

こうしてわたしは、男子から「うそ賀谷」と呼ばれるようになり、そのうえ五年生になってからは、飼育委員までやるはめになった。

いまならば、あれが「若気のいたり」というやつだとわかる。

売り言葉に買い言葉で、うそをついちゃったことを反省もする。

でも週に二回、ぽん太の世話をするのは楽しかった。それに女子の大半は、いままで通り普通に仲よくしてくれる。男子はもともと話さないから、悪口を言われる機会もあんまりない。

なのでわたしは、「動物としゃべれる女の子」という立ち位置のまま、特に問題なく日々を過ごせていた。

渋谷さんが、転校してくるまでは。

「いいなー。花子ちゃんすごいなー」

一緒にウサギの世話をするようになって三日。

渋谷さんは、いつも目に星を浮かべてわたしを見てくる。

もう五年生なのに子どもっぽいというか、簡単に人を信じちゃだめだよって心配したくなる。そのくらい渋谷さんは無邪気。

そうそう。ちょっとわかりにくいけれど、渋谷さんは男の子だ。うちの学校は、男女とも苗字《みょうじ》に「さん」をつけて呼ぶのが普通。

でも渋谷さんは転校生だからか、わたしを「花子ちゃん」と名前で呼んでくる。

そのたびに、わたしはいつもドキッとした。

だって普段名前で呼んでくるのは、家族や親戚くらいのもの。おかげで渋谷さんが身近な人になったみたいで、ちょっと変な気持ちになる。

それにわたしは、自分の名前が好きじゃない。

だって、「花子」だもん。

いかにも適当につけたって感じで地味だし、例の怪談話のせいで、トイレに行くだけで男子にからかわれるし。

『子どもの頃から、女の子が生まれたら花子って名前にしようと決めてたの。だって花の子よ？　すごくかわいいでしょう？』

お母さんは満足かもしれないけれど、わたしはおおいに不満だった。

将来結婚して子どもができたら、同じ花でも、魔亜牙列斗《まあがれっと》とか、昼唇《ちゅうりっぷ》とか、キラキラした名前をつけてあげたい。

だからわたしは名前でなんて呼んでほしくないのに、渋谷さんは目をキラキラさせて花子ちゃん花子ちゃんと言ってくる。

転校してきたばかりだし、一応本人に悪気ははなさそう。なのでやめてとはなかなか言えなかった。早く先生が注意してくれないかなと、ずっと思っている。

「動物の声が聞こえたら、きっと毎日楽しいよねえ」

渋谷さんがキラキラの目を閉じて、うっとりした顔になった。

「犬の散歩をしている人がいたら、花子ちゃんには犬が飼い主をどう思っているかわかるの？」

わかるわけがない。だからわたしは、うそをつく。

「うん。犬はみんな人間を好きだから、だいたいはよく思ってるよ」

「そっかあ。ぼくも犬好きだよ。というか動物はみんな好き！」

こんな純粋な男の子に、「動物の声が聞こえるわけない」なんて言えない。

「どうしたの花子ちゃん。おなか痛いの？」

「……なんでもないよ」

罪悪感で、ちくちくと心が痛かっただけ。

「もう小屋の掃除も終わったから、渋谷さん帰っていいよ」

「うん！　じゃあね、花子ちゃん！　明日もぽん太の声を聞かせてね！」

あの黒猫は、わたしじゃなくて渋谷さんに声を聞かせればよかったのに。

走り去るランドセルを見送りながら、わたしは大きなため息をついた。


金曜日の昼休み、わたしは教室にいた。

給食を食べ終わったので、トイレに行こうと席を立つ。

さて友だちはどこかと辺りを見回すと、渋谷さんの姿が目に入った。

いつもは昼休みにサッカーをしているのに、教室に残っているのは珍しい。

なにをしているんだろうと観察すると、カッターナイフでなにかを削っているようだった。机の上に、ちっちゃな白いものがたくさん散らばっている。

「しーぶーや、さんっ。なにしてるの？」

クラスで一番リーダーっぽい女子のプラーザさんが、渋谷さんに声をかけた。渋谷さんはいつもにこにこしているから、男女問わずにモテている。

「昨日テレビで見たんだ。消しゴムハンコっていうんだよ」

「あたしも見た。消しハンかわいいよね。なんの絵を彫ってるの？」

「動物！」

「ば、漠然としてるね」

ふたりのやりとりを聞いて、わたしは思わずくすりと笑った。

その瞬間、プラーザさんがなぜかわたしのほうを見る。

「……渋谷さんは動物が好きなんだね。だから飼育委員になったの？」

「うん。でも本当は、花子ちゃんと仲よくなりたかったんだ」

急に自分の名前が出てきたので、わたしはびっくりして席に座ってしまった。

慌てて図書室から借りてきた本を出し、読んでいるふりをする。

「そうなの？　渋谷さんは、梶賀谷さんが好きなの？」

わたしはとっさに頬杖《ほおづえ》をついて、顔を半分覆い隠した。

「うん、好き！」

ついたばかりの頬杖が、がくんとはずれた。

あの子はなにを言っているのかと、口元がわなわな震える。

「花子ちゃんはね、心がものすごくきれいなんだよ。だから動物と話せるんだ」

わたしはただのうそつきだよ！　心がきれいなのは渋谷さんのほうだよ！

などと言えるわけもなく、わたしは内心でやきもきする。

「ふーん。そういう風に考えたことはなかったなあ」

プラーザさんの声に、ちょっと意地悪な響きがあった。

見た目は完全に日本人だけれど、名前からわかるようにプラーザさんには外国の血が入っているらしい。

なんで「らしい」かというと、わたしはプラーザさんと仲よくないので詳しく知らないから。別にケンカしているわけじゃなくて、世間話くらいは普通にする。性格も明るくていい子だと思う。

ただなんとなく、彼女とは仲よくなれない空気があった。プラーザさんはものごとをはっきりしゃべるタイプだから、地味なわたしと相性がよくないんだと思う。

「きっとね、花子ちゃんは天使なんだ」

渋谷さんの声で我に返った。そしてまたやきもきする。

お願いだからもっと言葉を選んでと、必死にテレパシーを送った。

「ぼくも天使になりたいなあ」

もう純粋通り越して、危ない人っぽくなってきた。なんとか言ってあげてと、今度はプラーザさんに念を送る。

「あのね、渋谷さん。梶賀谷さんが動物の声を聞けるって話、男子はみんなうそだと思ってるよ」

いきなり始まったプラーザさんの暴露に、わたしの心臓がきゅっと縮んだ。

きっとプラーザさんは、わたしにやきもちを焼いたんだろう。渋谷さんに「あの子は引っこみがつかないだけなの」と、黒猫の話をする気かもしれない。

でも、それならそれでいいと思う。

渋谷さんだって、いつまでも子どものままじゃいられない。わたしだって、ずっとうそをつき続けるのはつらい。だったら終わりは早いほうがいい。

そう思ったのに、なぜだか心臓が痛いくらいにドキドキする。

「あたしも、梶賀谷さんの話は信じてないんだ」

プラーザさんはそうだと思ってた。というより、信じてる人なんて渋谷さん以外にいない。ほかの女の子も、なんとなく話を合わせてくれているだけだろうし。

「でも、全部が全部うそとも思わないんだよねー」

わたしはえっと耳を疑った。

「それがはっきりしないせいで、微妙に仲よくなれない気がするんだ。だから渋谷さんが友だちになって、真相を確かめてくれたらうれしいな。あそこでほっぺを隠してるけど、耳が真っ赤な女の子と」

「ほんとだ。花子ちゃん、熱あるのかな？」

「大丈夫だと思うよ。ふふ」

プラーザさんは、やきもちを焼いて意地悪を言うような子じゃなかった。わたしが渋谷さんを好きだと誤解している、お節介焼きな女の子だった。

でもだからこそ、うそつきのわたしとは相性がよくないんだと思う。すごくいい子だと思うけれど、たぶん仲よくはなれないだろう。

「わかった！　ぼく花子ちゃんと親密な間柄になれるようにがんばるね！」

渋谷さんが目を輝かせ、プラーザさんが声援を送る。

たぶん「ものすごく仲よくなる」と言いたいのだろうけど、悪気がないって本当にたちが悪い。

おかげでますます、わたしの耳は真っ赤になったはずだ。

放課後に飼育小屋へいくと、渋谷さんは先にきていた。

「水の器きれいにしておいたよ！　ぽん太とコロッケ、なんて言ってる？」

ウサギ小屋には、オスのぽん太とメスのコロッケがいる。この二羽は夫婦なんだけれど、子どもは別の小学校にもらわれたと校長先生が教えてくれた。

渋谷さんはわたしと仲よくなるために、早くきて仕事をしてくれたのだと思う。

だからわたしは、お礼にうそをついた。

「コロッケはまだびくびくしてるけど、ぽん太は『ありがとう』って」

だってこれが、渋谷さんがわたしに求めていることだから。

「やった！　ぽん太と少し仲よくなれたね。この調子で、花子ちゃんとも仲よくなれたらいいな……どうしたの？　花子ちゃん、泣いてるの？」

面と向かって言わないでほしい。顔を隠すしか方法がなくなる。

「違うの。ちょっと目にワラが入っただけ」

「ならよかった。ぼくと仲よくなるのが嫌なのかと思っちゃった」

どうしてそんなに純粋なの。ワラなんてそうそう目に入らないよ。

「わたしと仲よくなりたいなんて、渋谷さんは変わってるね」

「ほめられた？」

きょとんとしている顔を見て、思わず笑ってしまう。

「ほめては、ないかな」

「そっか。じゃあ来週はほめられるようにがんばるね！　バイバイ！」

渋谷さんは、今日も笑いながら走り去っていった。

心がまた、ちくちくと痛い。

2

土曜日の午前中、わたしは勉強机で本を読んでいた。

図書室で借りてきたのは、『モモ』という小説。モモという名前の、あんまりしゃべらない女の子が主人公。けれどモモは街のみんなに好かれていて、悩んだ人たちが周りに集まってくる。

モモはなにをするわけでもなく、ただじっと相手の話に耳を傾けるだけ。なのにみんなの問題は、自然と解決してしまう。

モモが不思議な力を持っているのか、人間の悩みは元からそういうものなのかわからないけれど、聞き上手な話し相手がいる人はいいなと思う。

お父さんも、お母さんも、プラーザさんも、みんな根はいい人だけれど、わたしのことを信じてはくれない。

だからわたしがモモと友だちなら、きっとこんな風に打ち明けるだろう。

「猫がしゃべるのを聞いたのは本当。でも勢いでぽん太の声も聞こえるってうそをついたら、渋谷さんがキラキラ迫ってくるの。どうすればいい？」

つぶやいて、ため息をつく。

なんだか読書に集中できなかった。モモの親友の名前が「ジジ」だし、甲羅に「ツイテオイデ」と文字を浮かべるカメまで出てくるので、ついしゃべる黒猫のことを連想してしまう。

ちょっと休憩しようと、わたしは口にアメを放りこんでベッドに転がった。

そこでトントンと、ドアがノックされる。

「花子、一緒に商店街まで行かない？　文鳥堂《ぶんちょうどう》で本買ってあげるわよ」

いいタイミング。

わたしはお母さんに「いふー」と返事して、出かける支度を始めた。

「もうすっかり秋ねえ」

玄関を一歩出たところでお母さんが言った。

家の前には見晴《みはらし》用水が流れている。家と用水路の間にある道はアスファルトだけれど、ひびの入ったところからリンドウがたくましく顔を出していた。

この紫色の花を見ると、やっぱり去年の多摩川でのことを思いだす。

あの黒猫がしゃべったのは、『こっちなの』という言葉だけ。

だからお父さんが言った、『風で揺れた草の音に、猫の鳴き声が混ざった』という意見は、それなりに説得力がある。「なの」は「なーご」っぽいし。

でも黒猫は、わたしをシャトルが落ちている場所へ案内してくれた。ここが重要なところで、行動が言葉と同じなんだからやっぱり猫はしゃべったと思う。

けれど、わたしにぽん太の声は聞こえない。

ほかの猫たちだって、わたしには「なーご」としかしゃべってくれない。

ということはつまり、あの黒猫だけが人の言葉をしゃべるんだと思う。わたしに動物の声は聞こえないけれど、人間以外にしゃべる生き物がいるのは事実。

きっとわたしのほかにも、同じような経験をした人がいるだろう。でもそういう人の話は聞かないので、みんなあんまり他人には言わないのかもしれない。

「あ。ちょっとごめんね」

お母さんが立ち止まって、ＰＨＳの着信に出た。

歩いている道は、ちょうど商店街と交差したところ。

なのでわたしは退屈しのぎに、小さなお店たちをぼんやりと眺めた。

手前にあるシャッターの降りている店は一寸堂《いっすんどう》さん。ずっと昔からある文房具屋さんで、小さな頃に一度だけ折り紙を買ったことがある。

そんな一寸堂さんの向かいには、レンガ造りのお店があった。

喫茶　アンティータ

いわゆる喫茶店だと思う。店の前には絵とかを置く台にメニューが立てかけられている。内容はコーヒーと紅茶ばかりでちょっと地味。お店にドアがあるのも普通の家みたいで、ひとりで入るのは勇気がいりそう。

お母さんとお茶をするのは、駅ビルのフードコートが多い。あっちはメニューというかお店がたくさんあるので、この喫茶店に入ることはこの先もないと思う。

そんな風にお店を観察していたら、ガラス窓の貼り紙に気づいた。

『お子さまに消しゴムハンコ教えます　店主にお声かけください』

なんで喫茶店で消しゴムハンコ教室なんだろう。そういえば、渋谷さんも彫っていたっけ。はやってるのかな？

そのとき、わたしの頭の中でピカッと電球が光った。

渋谷さんはわたしのことを、動物と話せる天使だと思っている。

だから渋谷さんは、わたしと仲よくなりたがっている。

でももし、わたしが『ものすごく消しゴムハンコがうまい女の子』だったらどうなるだろう？

きっと目をキラキラさせたまま、消しゴムハンコの話を聞きたがるに違いない。わたしが動物の声を聞けるなんてこと、すっかり忘れて。

「ごめん花子。用事ができちゃった」

電話を切ったお母さんが、申し訳なさそうに言った。

「お仕事でしょ。別にいいよ」

わたしのお母さんは、東京で働いている。テレビでもコマーシャルが流れてくる会社で、お母さんは「でべろっぱー」とか「街を作る仕事」だと言っていた。

「どうする？　花子ひとりで文鳥堂へ行く？」

「……あれに、行ってみたいんだけど」

わたしは喫茶アンティータを指さした。

「喫茶店？　花子には早いんじゃない？　あんたコーヒー飲めないでしょ」

「そうじゃなくて！　あっちの貼り紙」

子ども扱いされたことで、イライラがちょっと声に出た。

「消しゴムハンコ？　花子、そういうの好きだったっけ？」

「好き、というか、消しハンを好きな友だちがいて……」

「ひょっとして、渋谷さん？」

「な、なんで知ってるのっ？」

わたしはびっくりしてのけぞった。

「今日ドアをノックする前、花子がひとりごとで言ってたでしょ。でも安心して。お母さんは、渋谷さんが男の子か女の子か聞かないから」

言われた瞬間、ほっぺがかあっと熱くなる。

「花子はほんと、すぐ顔に出る子ねー。いいわ、行ってらっしゃい」

ちょっぴり多めのおこづかいをくれると、お母さんはにやにやしながら見晴用水を戻っていった。きっとプラーザさんと同じ誤解をしたんだろう。

わたしは人よりちょっと顔が赤くなりやすいだけ。それをすぐ恋愛に結びつけるなんて、ふたりともトレンディードラマの見過ぎだと思う。

まったくもうと鼻で息を吐き、わたしは怒った勢いで店のドアを開けた。

からんころんときれいな音が鳴り、奥から男の人の声がする。

「いらっしゃいませ」

お店の中はがらんとしていて、お客さんがひとりもいなかった。

声をかけてくれたのは、カウンターの中にいたメガネの人。担任の先生よりは若いと思う。二十代の真ん中くらい？　でもそのわりには、声がおじさんっぽい。

「お好きな席へどうぞ」

メガネの人がメニューを持ってやってきた。近くで見ると、やっぱりおじさんじゃない。でも声が静かで聞き取りやすいから、校長先生っぽく感じるのかも。

「えっと、表の貼り紙を見てきたんですけど……」

「消しゴムハンコですかっ？」

メガネの人が、きらりとレンズを輝かせた。

「そ、そうです。あの、なるべく早くうまくなりたいんですけど……」

「なるほど。うまく彫るのは難しいですけど、一緒にがんばりましょう。ぼくは店長のアリクイと申します」

「アリクイ？　動物の？」

「こういう字です」

アリクイさんが会計伝票の裏に、ボールペンで「有久井《ありくい》」と書いた。

この字は見たことがある。確か駅前のハンコ屋さんが、「有久井印房」という名前だった。いつも怖そうなおじさんが、すねたように外をにらんでいるお店。

「ハンコ教室ですから、大きなテーブルを使いましょう。一番奥の席へどうぞ」

有久井さんに案内されて、わたしは窓際の隅っこに座った。

「お飲み物はいかがですか？　代金は制作費に含まれますので、気にせずお好きなものを注文してください」

広げられたメニューを見ると、コーヒーや紅茶以外に、レモンスカッシュとかクリームソーダがあった。でもわたしは炭酸が苦手。それに季節はもう秋。

「ミルクの入った、あったかい紅茶をください」

かしこまりましたと、有久井さんがカウンターの中へ戻っていく。

取り残されたわたしは、することがないのでお店を見回した。

テーブルの上には、百円を入れると引けるおみくじの機械がある。でも中身が全然減ってない。土曜日のお昼なのにお客さんも全然いないし、このお店は大丈夫なのかなと思う。

ここは駅から見ると商店街の終わり側で、もともと人通りが少ない。見晴用水は横道も多いので、用がない限りここを訪れる人はあんまりいなさそう。お母さんだったら、「場所が悪い」って言うんじゃないかな。

「お待たせしました」

有久井さんが戻ってきて、テーブルの上にカップとお皿を置いた。

カップには、ミルクがたっぷり入った白い紅茶。そしてお皿には、チョコレートっぽいロールケーキがひと切れ載っている。

「あの、これは」

「サービス、というか試食ですので、よかったら召し上がってください」

有久井さんがにこにこ笑い、わたしの向かいに座った。

「ではまず、お名前を教えていただけますか」

「えっと、梶賀谷です。梶賀谷……花子です」

差しだされた紙に、ためらいながら自分の名前を書く。

「かわいらしいお名前ですね。ぼくは名前が堅いので、うらやましいです」

「有久井さんは、なんてお名前ですか」

「学校の『学』と書いて『まなぶ』です。昭和世代だとたくさんいますね」

わたしも昭和生まれだ。でもクラスメートに「学《まなぶ》くん」がいたかは、ちょっとわからない。苗字にさんづけの学校だから、下の名前って全然知らない。

「花子ちゃんは、なにか彫りたいイラストがありますか」

有久井さんもわたしを名前で呼んだけれど、ドキッとはしなかった。流れが自然だったからだと思う。渋谷さんの場合は第一声が「花子ちゃん」だったし。

「特にないようでしたら、下絵用のイラスト集から選んでみましょう。花はけっこう難しいんですけど、動物なんかはオススメです。このウサギとか」

「ど、動物はだめです！　ウサギは特にだめです！」

「動物は、お嫌いですか？」

有久井さんの声は穏やかだったけれど、眉毛が少し下がっていた。なんだかしかられた犬が、ぱたりと耳を伏せているみたいな表情。

「その、違うんです。動物は大好きです。大好きなんですけど……」

動物、とりわけウサギから気をそらせるための消しゴムハンコということは、ちょっと説明がしにくい。

「よかった。ぼくも動物が好きです。ときどき仕事をサボって、動物園に行ったりします。コーヒーの勉強もかねてですけど、外国へ行って動物を見たりもします」

「大人のサボりって、すごいんですね」

「大人は大きな子どもですから。うちの父なんかも……あ、すみません。作業に入る前に召し上がってください」

有久井さんが勧めてくれたので、わたしはとりあえずカップに口をつけた。

外は少し肌寒かったので、唇にあたたかいものが触れてほっとする。

そのままこくんとひとくち飲むと、牛乳の優しい味が舌に広がった。

「おいしい。お母さんのより、ずっと優しい味がします」

「茶葉をミルクで煮出した、ロイヤルミルクティーです。メニューには載せていないんですけど、今日は特別です」

紅茶の香りはほんのりあるけれど、あの渋い感じがまったくない。プロが入れるとこんなにおいしいんだと、わたしはしみじみ感動する。

宝物を見つけたような気分になり、自然とロールケーキにも手が伸びた。

でも「の」の字のケーキを口に運んだ瞬間、意表をつかれる。

「チョコレートじゃ、ない……？」

「モカロールです。コーヒーの風味をつけたケーキですね」

コーヒーと聞いてびっくりした。だって全然苦くない。お母さんが言うように、わたしはどれだけ甘くしてもあの味が苦手なのに。

チョコレートだと思っていたから、舌がうまく反応しなかったのかも。そう思って

もうひとくち食べたけれど、やっぱり苦くなかった。というか、

「これ、ものすごくおいしいです」

「ぼくはコーヒーが好きなんです。だからコーヒーが苦手なかたにもおいしく召し上がっていただけるよう、苦みを抑えた豆を使って研究中なんです」

確かにコーヒーっぽさはある。チョコレート色のクリームからも、ライ麦パンみたいな色のスポンジからも、お店に漂っているのと同じ香りがする。

でもそれは「苦い」じゃなくって、「香ばしい」の感じ。なんだかくせになる風味で、わたしはぱくぱくとケーキを口へ運んでしまう。

「冷やしてあるので、バタークリームもしつこさを感じないと思います」

そう。ずっしりしているけれど甘ったるくない。むしろちょっと塩味がする、濃厚なクリーム。それがしっとりしたスポンジと合わさると、コーヒーのおいしい部分だけを食べているみたいな贅沢《ぜいたく》な気分になった。

こんなにおいしいもの、わたしはいままで食べたことがないかもしれない。

「本当にすごくおいしいです。有久井さんが作ったんですか？」

「はい。ぼくが作っています」

「こんな素敵なケーキが作れて、紅茶を入れるのも上手なのに、なんで消しゴムハン

コ教室をやってるんですか？」

だってこのケーキは、もっとたくさんの人が食べるべきだ。コーヒー嫌いのわたしが言うんだから間違いない。消しハン教室なんてやってる場合じゃない。

「ぼくはハンコが好きなんです。職人だった父の跡を継ぎたかったんですけど、色々ありまして」

「もしかして有久井さんは、駅前のハンコ屋さんのお子さんですか？」

だとしたら信じられない。あのお店にいるのは、目が合うと舌打ちするような怖いおじさんだ。有久井さんと違って、穏やかさなんてこれっぽっちもない。

「はい。父はちょっと頑固で……と、すみません。イラストを選びましょう」

有久井さんは話を打ち切り、花の絵をいくつか見せてくれた。あんまり家庭の事情に首をつっこんではいけない。わたしはプラーザさんやお母さんとは違う。

気にしない素振りでイラスト集を眺め、わたしはヒマワリの絵柄を選んだ。

「それではまず、ゴム板を水拭きしましょう」

濡《ぬ》らしたタオルで、お母さんのPHSくらいのゴム板を丁寧に拭く。

それが終わったら、今度は乾いたタオルで水気を吸い取る。

ここまできたら、いよいよイラスト集の出番。絵柄の上にトレーシングペーパーを敷いてペンでなぞる。きちんと写し取れたら、今度はゴム板の上にペーパーを置いて爪でこりこりとひっかく。

「できた。かわいい」

ゴム板に描かれたヒマワリを見ると、それだけで達成感があった。

でも本番はここからだとわかっている。わたしはプロになる勢いで、消しハンを彫らなければならない。

「それでは彫ってみましょうか。カッターナイフと彫刻刀を使うので、指を切らないように、くれぐれも、本当にくれぐれも、気をつけてくださいね」

「はい！」

優しい有久井さんに教わりながら、わたしの消しハン修行は始まった。

3

日曜日は一日中、勉強机に向かって消しハンを彫っていた。

消しゴムハンコって、正確には「消しゴムハンコ用のゴムでできた板」に、絵柄を彫ること。ゴム板は一寸堂さんで買えるらしい。

まずは転写した絵柄の周りを、カッターでざっくり切り落とす。次に絵柄の細いところは彫刻刀の三角刀で、太いところは丸刀で彫っていく。

削りかすが溜まったら、「ねり消し」をぺたぺた押しつけて取る。この作業がけっこう楽しい。

ゴム板は木と比べるとやわらかいので、つい彫りすぎてしまうことがある。線の内側を上手に彫れたと思っても、いざインクをつけて押してみると思ったような絵にならなかったりで難しい。

『やっていることは、普通のハンコとそう変わらないんだよ』

昨日のハンコ教室で、有久井さんが教えてくれた。

お店に入ったときは緊張していたけれど、モカロールを食べてからのわたしはおしゃべりだった。有久井さんも「モモ」みたいにじっと話を聞いてくれるので、うっかり渋谷さんのことまで話しそうになったくらい。

そんな人に教わったからか、わたしは消しハン彫りが好きになった。

もともとみんなで遊ぶより、本を読むほうが楽しいと感じる。ひとりでコツコツやる作業が向いているのかもしれない。

将来はそういう職業につこうと思いつつ、わたしはハンコを彫る手を休めた。

さっきキッチンで入れてきたコーヒーをひとくち飲む。

有久井さんのところで食べたモカロールがあんまりおいしかったので、お母さんが飲んでいたコーヒーを少しわけてもらった。

うそ。本当は、二、三滴コーヒーを垂らしただけのホットミルク。

でもお母さんはすごくびっくりして、「いつの間にか大人になるのねえ」なんて言いながら目を細めていた。

コーヒーくらいでおおげさだよと返したら、「コーヒーだけじゃないわよ」と意地悪な顔で笑われる。

渋谷さんはただのクラスメート。そう強調したけれど、お母さんは聞き流した。たぶんわたしの顔が赤かったんだと思う。

「本当に、そういうんじゃないのに……」

わたしはもやもやした気分で、コーヒー入りのミルクをぐびぐび飲んだ。

なんでわたしが赤くなったのかと言うと、渋谷さんといるとドキドキすることばかりだから。

渋谷さんはわたしを名前で呼んだり、純粋な目でぽん太の通訳をせがんだり、一緒にいるといつも緊張させられる。それを思いだすから、わたしはドキドキして赤くなる。たぶんそういうこと。

この問題を解決するには、渋谷さんがびっくりするような消しハンを彫らなければならない。でないといつまでたっても、わたしはぽん太の声をせがまれる。

次に飼育委員があるのは木曜日。もう四日しかない。

「がんばらないと」

わたしは三角刀を手に、もくもくとゴム板を彫った。


月曜日の昼休み、わたしは教室でドキドキしていた。

なぜなら渋谷さんが席にいなかったから。窓から校庭を見降ろすと、前みたいに元気にサッカーボールを追いかけている。

もう消しハンはやめちゃったんだろうか？　だとしたら困る。飼育委員の日に、話題をそらす方法がなくなる。ずっとキラキラされる。

わたしが人知れずおろおろしていると、渋谷さんが教室に戻ってきた。

プラーザさんがちらりとわたしを見てから、渋谷さんに話しかける。

「渋谷さん、もうハンコはやめちゃったの？」

「家で彫ってるよ！」

たったそれだけの会話だったけれど、わたしはものすごくほっとした。

ありがとうプラーザさん。きっとあなたと仲よくなることはできないけれど、とっても感謝しています。


火曜日の放課後、わたしは有久井さんに会いにいった。

ずっと練習しているから、消しハン彫りは上達してきている。でもそれを口で伝えただけでは、渋谷さんは驚かないだろう。わたしの技術を証明するためには、作品をプレゼントするべきだと思う。

その場合、どういう絵柄がいいのか。

それを聞くために、わたしはアンティータへやってきた。

「技術ですか。やっぱり、凝った下絵のものがいいと思います」

有久井さんがイラスト集を見せてくれる。ちょっと角度がずれただけで特徴が失われる偉人の似顔絵とか、トゲの一本一本を残すように彫らなきゃいけないサボテンの絵柄とか。確かにいかにも難しそう。

「でも誰かを驚かせたいなら、その人が好きなものがいいかもしれません」

なるほどと思い、わたしは渋谷さんが好きなものを考えてみた。

思いつくのはウサギのぽん太だけれど、それはやっぱり遠慮したい。

ほかにあるかなと想像してみて、わたしは「うあ」と口走った。

「花子ちゃん大丈夫？　なんだか顔が赤いけど」

「なっ、なんでもないですっ！」

わたしは叫んでアンティータから逃げだした。恥ずかしいったらない。

だって渋谷さんが好きなものとして、わたしは自分を思い浮かべてしまったから。


水曜日の夜、わたしは自分と戦っていた。

模様は単純だけれど、サッカーボールは彫る面積が多い。得意な花の消しハンに逃げたくなるけれど、それでは渋谷さんに驚いてもらえない。

今回は消しハンを二個作るというのも、作業がたいへんな理由だった。

なんで二個かと言うと、わたしが彫っているのは昔ながらの白黒のサッカーボールじゃないから。彫っているのは昔のワールドカップ公式球で、白地に青の模様と赤い色のアクセントが入る。

だから消しハンを二個作って、赤と青のインクで重ね押しする。そうすると、あのボールが再現されるという仕組み。

試しに自由帳に押してみたところ、我ながらほれぼれするできだった。これを見た渋谷さんは、「動物の声を聞ける女の子」のことを忘れてくれるに違いない。

明日はいよいよ飼育委員の日。

たぶん緊張して赤くなるだろうけど、それも明日で終わりになるはず。


木曜日のわたしは、早めに飼育小屋についていた。

まだ渋谷さんはきていない。ポケットに消しハンをしのばせたまま、わたしはせっせと小屋の掃除をする。

「花子ちゃん早いね！　すぐ手伝うよ！」

走ってやってきた渋谷さんは、今日もキラキラしていた。キラキラしたまま器の水を替え、キラキラしながら丁寧にふんを拾う。

「花子ちゃん、今日のぽん太はなんて言ってる？」

きた。でもこんな風に聞かれるのも今日で最後。

わたしはぽん太をじっくり観察する。

コロッケは隅でじっとしているけれど、ぽん太はわたしたちの邪魔にならない場所でひょこひょこしていた。たぶん機嫌はいい。

「『ちゃんとサボらずにきて、偉いな』って」

「ほんと？　そろそろなでさせてくれるかな？」

これは難問。ウサギは本当に臆病なので、慣れるまでは人間を怖がる。

でもわたしみたいに長いつき合いだと、なんとか抱っこはさせてもらえた。

渋谷さんはウサギの世話を初めてまだ日が浅い。ぽん太はコロッケよりも好奇心が強いけれど、触ろうとして逃げられる可能性はある。

「ねえ花子ちゃん。ウサギって、なんでこんなにかわいいんだろうね！」

わたしに言わせれば、渋谷さんのほうが元気な犬みたいでかわいい。

そういう雰囲気って、たぶん動物にも伝わると思う。

「『おまえはかわいいから、そーっとするなら触ってもいいぞ』って」

「ほんとっ？　……よし」

渋谷さんはごくりとつばを飲み、ゆっくりとぽん太へ手を伸ばした。

わたしは胸をドキドキさせながら、その様子を見守る。

「そーっと、そーっと……」

渋谷さんは緊張している、というより、ちょっと怖がっているように見えた。

ぽん太は鼻をひくひくさせて、赤い目でじっと渋谷さんをうかがっている。

がんばって、渋谷さん。

信じてあげて、ぽん太。

両手をぎゅっとにぎりしめ、わたしはひとりと一羽を応援した。

ゆっくり伸びてきた渋谷さんの手を、ぽん太がじっと受け入れる。

「ふわふわだぁ」

いつにもまして、渋谷さんの目が輝いた。

ほっとしながら、わたしは心の中でぽん太にお礼を言う。

「ありがとう花子ちゃん。花子ちゃんのおかげで、ぽん太が触らせてくれたよ」

「わたしは関係ないよ。渋谷さんが一生懸命お世話したのを、ぽん太がちゃんと見てただけ」

「ううん、やっぱり花子ちゃんのおかげだよ。ぼくね、前の学校でウサギを触ろうとして、怖がらせちゃったことがあるんだ」

わたしはびっくりした。だって渋谷さんの目が、どんよりと曇っていたから。

「すごく悲しかった。だってぼくはいいことをしているつもりだったから。でもウサギにとっては、余計なお世話だったみたい」

「そんなことは、ないと思うけど……」

「うん。そんなことはないと思う！」

　渋谷さん、立ち直るの早い。

「人間も動物も、自分がされてうれしいことは相手もうれしいと思うんだ。でも頭をなでたりって、みんなは最初からはできないみたい。ぼくは誰とでも仲よくしたいけど、みんなは最初『仲が悪い』ってところからスタートするんだと思う」

　距離感とか親密さの話なんだと思う。でも渋谷さんが言う『みんな』には、動物と人の両方が含まれている。それを分けないのが渋谷さんで、そういうところが転校してきたばかりなのにモテる理由なんだろう。

「ぼくはそういうのがわからないから、転校してきてウサギ小屋を見つけたとき、ちょっと考えたんだ。すぐに触ってまた嫌われたら悲しいなって。だから遠くから見るだけにしてたんだけど、ウサギってかわいいよね！」

「う、うん。かわいいね」

　渋谷さんは思ったことをすぐに言ってしまうので、会話についていくのがときどきしんどい。

「そんなとき、クラスに動物と話せる子がいるって知ったんだ。ぼくはやったーって思ったよ。花子ちゃんと一緒にウサギのお世話をすれば、今度は怖がらせずにすむかもって」

「そうだったんだ。お役に立ててよかったよ」

わたしはなにもしていないけれど。

「うん、だからこれ、花子ちゃんにあげるね」

渋谷さんが、わたしの手に消しゴムを乗せた。

「ぽん太に触ることができたら、お礼に渡すつもりだったんだ」

普通に勉強で使うような、文房具の消しゴム。でもそのケースをずらすと、すごく細かく彫られた消しハンが出てきた。押してみないと絵柄はわからないけれど、わたしが彫ったサッカーボールより上手かもしれない。

「ありがとう。あの、わたしも……」

消しハンを渡すなら、いまが絶好のタイミングだ。

でも渋谷さんがくれたハンコが、もしも自分より上手だったら？

そう思うと、言葉が続かない。

「わたしも？」

「ううん、なんでもない。消しハン、ありがとう」

「そっか。帰ったら押してみて。じゃあね！」

渋谷さんは、今日も全力で駆けていった。

こうしてはいられないと、わたしも走って家へ帰る。

ランドセルをベッドに放り投げ、もらったハンコをノートに押してみた。

「うわ……！　うわ……！　どうしよう……」

わたしは勉強机の前で頭を抱える。

ノートに現れたのは二羽のウサギだった。それもかわいいいタッチのイラストじゃなくて、ものすごくリアルなぽん太とコロッケ。しかも正面や横から見たところじゃなくて、二羽がこちらを見上げている普段のわたしたちの視点。

この下絵が描けるだけでもすごいのに、ハンコの完成度もすごかった。

ごわごわしたぽん太の毛並みと、ツンツンしたコロッケのそれが、見事に彫りわけられている。こんなの小学生の仕事じゃない。

「サッカーボールのハンコ、渡さなくてよかった……」

おかげで恥をかかずにすんだ。

でもこのままでは、渋谷さんはいつまでもわたしにぽん太の声をせがむ。

そのたびに、わたしの胸はちくちくと痛む。

「明日も、飼育委員の当番がある……」

時計を見る。まだ午後の四時。

わたしは家を飛び出して、アンティータへと走った。

「このハンコを彫った人に、わたしは勝たなければならないんです！」

わたしは拳でドンと、カウンターをたたいた。

渋谷さんの消しハンを見せると、有久井さんは上手だとほめてくれた。それはそれでうれしいけれど、喜んでいる場合じゃない。

「す、すごい剣幕だね。花子ちゃんには、勝たなきゃいけない事情があるの？」

迷ったけれど、わたしは有久井さんにすべてを話した。

多摩川で会ったしゃべる黒猫の話から始まり、学校で動物の声が聞こえるとうそをついてしまったこと。渋谷さんを傷つけたくなくて、いつもウサギの言葉を演じているということ。だから気をそらせたくて消しゴムハンコを練習したというたくらみまで、包み隠さず全部打ち明けた。

「教えてください有久井さん。わたしは、どうすればいいと思いますか？」

「花子ちゃんは、どうしたいのかな」

「渋谷さんを悲しませたくないです。でもうそをつき続けるのは苦しいです」

有久井さんがメガネをはずし、少し考えるように上を向く。

「普通のハンコは、人生の節目に作ることが多いんだ。就職とか、結婚とか、それまでの人生とはなにかが変わるタイミングだね。だからハンコを彫る人は、いつもお客さんを応援する気持ちなんだよ」

「お客さんって……よく知らない人を応援するんですか？」

「使い道を考えると、ハンコは人の分身とも言える存在なんだ。だからハンコを彫るのは、相手を知るのと同じこと。お客さんのことは全然わからなくても、その人が節目に立っていることは知っているよね。だから応援するんだよ」

ハンコ屋さんと言えば、駅前の有久井印房だ。あの怖そうな店のおじさんが、お客さんを応援しているなんてちょっと信じられない。

「話を戻すと、消しゴムハンコは基本的に自分のために彫るものだよね」

そう思う。自分が使う日用品に、ぺたぺた押して楽しむのが主な使い道。

「でも渋谷くん……じゃなくて渋谷さんが彫ったこのハンコには、花子ちゃんへの応援がこめられていると思うよ」

渋谷さんがくれたハンコを見る。こちらを見上げる二羽のウサギは上手だと思うけれど、特に応援されているようには感じない。

「だから渋谷さんには、今日花子ちゃんが話してくれたことをそのまま伝えればいいんじゃないかな」

「うそをついてたって告白するんですか？　そんなの……」

そうしたほうがいいとは思う。うそをつくのは、相手にも自分にも悪い。

ただ真実を知ったら、渋谷さんはわたしのことを嫌いになるだろう。

嫌われるのは別に構わない。心のどこかで覚悟はしてた。

でも渋谷さんまでわたしを「うそ賀谷」と言うようになると思うと、さすがにちょっと悲しい。だから名前でなんて呼んでほしくなかったのに。

「大丈夫。きっと渋谷さんは、きょとんとしたあとに笑うと思うよ」

「なんで渋谷さんでもないのに、そんなことがわかるんですか？」

「どっちのウサギも、口を閉じているからね」

意味がわからない。わたしはますます不満だった。

それは顔にも出たようで、有久井さんがメガネの奥で目を細める。

「そうそう。この前は言い忘れたけれど、あのモカロールには勇気が出る魔法がかかっているんだ」

「有久井さん、わたしを子どもだと思っているでしょう？」

わたしはただでさえ感情がほっぺや耳に出る。だから冷静にならなければいけないと思うけど、子ども扱いであやされるのは嫌だ。

黒猫のときだってそうだ。お母さんたちがはっきり否定してくれれば、わたしは学校で報告しなかったかもしれない。

「おとぎ話の魔法じゃないよ。コーヒーには覚醒作用があるから、眠くなったときに飲むと目が覚めます。バターには血行を促進する効能があるから、食べると元気が出ます。昔の人たちは、戦いにおもむく前にそういうものを食べていたんだよ」

そういえば初めてモカロールを食べたとき、自分が急におしゃべりになって不思議だった。あれが魔法の効果なんだろうか。

「そしてここに、最後のモカロールがあります」

有久井さんが、わたしの前にことりとお皿を置いた。

「最後、なんですか？」

「色々と試した結果、安くておいしいものはできませんでした。高くておいしいものは、売れ残ると困っちゃいます。ぼくは明日からちょっと出かけてしまうので、花子ちゃんどうぞ」

そんな風に言われたら、誰だって食べたくなる。

でもこのモカロールを食べてしまったら、わたしは勇気が出てしまう。

渋谷さんに、すべてを白状してしまう——。

「いただきます」

わたしは迷わずモカロールを食べた。

だって、あのおいしさがもう味わえないなんてありえない。

それによく考えたら、モカロールを食べて勇気が出るのはいまだけだ。明日の放課後は関係ない。明日のわたしはいつもと同じ。

だからわたしは、これからもうそをついていくだろう。

渋谷さんの目をキラキラさせ続けるために、わたしは自分の胸をちくちくさせ続けると決めた。

そんな決意でモカロールをほおばるわたしに、有久井さんが言う。

「大丈夫。勇気が出る効果は二十四時間続くよ。がんばってね、花子ちゃん」

4

金曜日の放課後、わたしは飼育小屋で謝っていた。

溢《あふ》れる勇気を持て余しながら、ぽん太とコロッケに。

わたしのせいで、渋谷さんがくるのは今日が最後かもしれないから。

「花子ちゃん、ハンコ押してくれたっ？」

背後から声をかけられ飛び上がる。周りに人影がなかったから油断していた。

渋谷さん、下駄箱《げたばこ》から全力で走ってくるのやめてほしい。

「う、うん。消しハン、ありがとう。すごく、かわいいです」

わたしは下を向きつつ耳を隠しながら、ノートやペンケースにぺたぺた押したハンコを見せた。

「すごい！　このペンケースって布？　布にも押せるなんて知らなかった！」

「えっと、布に押してもにじまないインクがあって」

昨日、アンティータで有久井さんにわけてもらった。

渋谷さんのハンコはものすごくかわいかったので、ブラシの柄とか、ブックカバーとか、ハンカチを入れるポーチなんかにもぺたぺた押しまくった。

だって、今日「返せ！」って言われるかもしれないから。

モカロールのときと同じで、わたしの貧乏性っぽいところが出たのだと思う。わたしはアメ玉だって、噛まずに最後までなめる。

「うれしいなあ。今度ぼくにもそのインク教えて！」

渋谷さんは目をキラキラさせながら、ぽん太の水を取り替えている。

その顔を横目に見ながら、わたしはごくりとつばをのんだ。

いまの時点では、いつものようにやり過ごそうと思っている。

とはいえ、ぽん太の通訳をせがまれたときに自分がどうなるかわからない。

わたしはずっと、しゃべる黒猫の話を信じてほしかっただけ。

でもそのために、わたしはうそをついてしまった。

黒猫は本当にいたのに、わたしが自分でうそにしてしまった。だから毎朝家の前でリンドウを見ると、気分がもやもやする。

わたしがモカロールを食べたのは、本当は勇気がほしかったのかもしれない。

「花子ちゃん、今日のぽん太はなんて言ってる？」

「渋谷さん。この消しゴムハンコは返します」

モカロールの魔法のせいで、わたしの勇気は勝手にふるい立った。

「えっ、なんで？　花子ちゃん顔赤いけど、怒ってるの？」

わたしはドキドキしながらすべてを打ち明けた。

渋谷さんも、さすがにびっくりしたらしい。いつもキラキラしていた目が大きく開かれ、わたしをじっと見ている。

テレビで政治家や芸能人がスキャンダルを暴かれると、みんながその人に対してものすごく怒る。いままで信じてたのにとか、裏切られたって言い草で。

あれは好きだった人がうそをついていたから、みんな怒るんだと思う。だって全然知らない人がうそをついても、わたしは気にならないし。

自分で言うのも恥ずかしいけれど、渋谷さんはわたしのことをものすごく好きだと思う。でもそれは恋とかじゃなくて、スポーツ選手にに対する憧れみたいなもの。渋谷さんが好きなのは、動物と話せるわたし。

だから真実を言ってしまったわたしは、渋谷さんに嫌われてしまうだろう。きっとそれは罰なんだと思う。針千本を飲む代わりの。

「わたしはずっと、渋谷さんにうそをついていました。だからわたしは、お礼を受け取る資格がありません……いままでごめんね」

ここまで言って、わたしは大きく息を吐いた。

ずっと息を止めていたみたいな感じがする。去年くらいから、ずっと。

今度は思い切り、飼育小屋の空気を胸に吸いこむ。

最初はくさいと思っていたけれど、いまはこのにおいをかぐと心が落ち着いた。

さあこい針千本。でもこの場では絶対泣かないから。

わたしは渋谷さんの言葉を待ち構えた。

「花子ちゃんは、うそなんてついてないよ?」

きょとんと首をかしげ、渋谷さんは眉をひそめている。

もしかして、わたしの話が理解できなかったんだろうか?

「ううん、うそをついてるの。ぽん太の声は、わたしの作り話なの」

「でもぽん太は、花子ちゃんが言った通りぼくに触らせてくれたよ?」

「それはわたしがずっとぽん太の世話をしていたから、そろそろいいかなって判断しただけだよ。偶然なの。わたしはうそつきなの」

「花子ちゃん、あのね。そういうのを、『動物の声が聞こえる』って言うんだよ」

渋谷さんが、あははと笑った。

「動物が人間の言葉をしゃべったらきっと楽しいけど、喉のしくみとか、そういう風にできてないよ。だから一生懸命お世話をして、いま動物がなにを考えてるのかって観察するんでしょ? それができるから、花子ちゃんは天使なんだよ」

わたしはぽかんと口を開けてしまった。渋谷さんは、最初からわたしがウサギの声を聞いているなんて思っていなかったらしい。

「あっ、だから……」

有久井さんは、『ウサギは口を閉じている』と言ったんだと気づく。わたしを見上げているけれど、二羽はわたしに「声」で語りかけていないから。

渋谷さんがきょとんとしてから笑うという予想まで、みんな有久井さんの言った通りだった。

「あとね、花子ちゃん。その消しゴムハンコ、ぼくのじゃないよ」

「えっ」

慌てて手を見ると、わたしが握っていたのはサッカーボールのゴム板だった。

「それって、花子ちゃんが彫ったの？」

「これは……」

動物の声が聞こえるというわたしのうそから、渋谷さんの気をそらせるために彫ったハンコ。それが真実。

でも有久井さんに言わせれば、わたしが渋谷さんを応援するためのハンコということになる。つまり口実。

わたしはやっぱり、渋谷さんに嫌われたくなかったんだと思う。

「これは、渋谷さんにあげようと思って。ふたつでひと組なんだけど」

ポケットを探して、ほとんど同じ絵柄のもうひとつを取りだす。

「えっ、くれるの？　あ、昨日のお礼？　すごい！　一日で彫ったの？」

「練習も含めると、けっこうかかったかも」

「あれ、じゃあお礼じゃないの？　なんでくれるの？」

渋谷さんが純粋さでわたしを責めてくる。

「それは……」

もじもじと言いあぐねていると、小屋の外で声がした。

「察してあげなよ渋谷さん。梶賀谷さんは、渋谷さんが好きなんだよ」

いつの間にいたんだろう。金網の向こうでプラーザさんがにやにやしている。

「そうなの？　花子ちゃん、ぼくのこと好きなの？」

「ちっ、ちがっ、や、別に、嫌いじゃ、ないけど……」

「やった！　じゃあぼくのことも、『太郎《たろう》』って名前で呼んでね！」

「太郎くん――」

っていうんだ。そう続ける前に、渋谷さんは「じゃあね！」と走り去った。

「あたし、信じるよ」

プラーザさんが小屋の中に入ってくる。

「な、なにを？」

「あなたが黒猫の声を聞いた話。一度だけって、逆にほんとっぽいしね」

プラーザさんが笑いながらぽん太をなでようとして、ささっと逃げられた。

わたしはなんて答えればいいんだろう。あとなぐさめたほうがいいのかな。

「あたし、来週引っ越しちゃうんだ」

「えっ」

「もっと早く、渋谷さんが転校してくればよかったね。そうすれば、あなたともっと仲よくなれたかもしれないのに」

さっきから驚くことばかりで、わたしはちっとも言葉を返せない。

「残り何日もないけど、あたしも渋谷さんみたいに名前で呼んでもらおうかな。そのほうが早く仲よくなれそうだし。決めた。今日から『タマ』って呼んで」

「タマ……ちゃん？」

「あたしはキキって呼んでいい？　あなたは名前で呼ばれるのが嫌いみたいだし、黒猫の声を聞く魔女だしね」

どうしよう。すごく嫌だけど、この流れではちょっと断れない。

「う、うん。いいよ……」

「やった。じゃあね、キキ」

こんな風にして、わたしの魔法の金曜日は終わった。

その後はぐったり疲れてしまったので、家に帰ってバタンとベッドに倒れた。

そして土曜日以降、わたしはずっと困っている。

たっぷり睡眠を取って起きた朝、わたしは支度をして家を出た。

玄関の前でリンドウの花を見ても、ちっとも嫌な気持ちにならない。

むしろ昨日を思いだして、くすくす笑ってしまう。冷静に『喉のしくみ』なんて説明してくれた太郎くんにもびっくりしたけれど、プラーザさん……じゃなくてタマちゃんが、ぽん太に逃げられたときの顔といったら。

なんだかんだで、わたしはタマちゃんと仲よくなりたかったのかもしれない。彼女はお母さんとセンスが似ているし、いい子で面白い子だから。

有久井さんの言った通り、すべてを打ち明けて本当によかったと思う。

そんないい気分で見晴用水を下っていたけれど、アンティータに到着してわたしは困ってしまった。

お店のドアにには、「ＣＬＯＳＥＤ」と札がかかっている。たぶんお休みということ。昨日の結果を有久井さんに報告しようと思っていたのに。

そういえばモカロールを食べる前、有久井さんが『明日から出かける』と言っていた気がする。わたしのうっかりだ。

しかたがないので、この日は家に帰った。

日曜日はもともとお休みと聞いていたので、月曜日に顔を出す。でもアンティータは変わらず「CLOSED」だった。さすがにサボりすぎだと思う。

その後は転校しちゃうタマちゃんと遊んだりしていたので、週末までずっと様子を見にいけなかった。

でも、土曜日のアンティータもお休みだった。出かけると言っていたけれど、もしかしたら有久井さんは海外まで行っているのかもしれない。

恩人の帰りを待ちわびるわたしをよそに、アンティータは次の日も、次の週も、次の月も、ずっと閉まったままだった。

ようやく店に「OPEN」の札がかかったのは、最後に有久井さんと会ってから一年後のこと。しかも外から見る限り、働いているのはまったくの別人。

「前の有久井さんって人が、雇われ店長だったんでしょ」

お母さんがそう教えてくれた。お店って持っている人と店長さんが別の人ってこともあるらしい。残念だけれど、有久井さんは事情があってお店をやめてしまったのだろう。さよならくらいは言いたかった。

中学に上がると部活で忙しくなり、見晴用水を歩く機会も少なくなった。アンティータの前を通ることもなくなり、有久井さんを思いだすことも減った。

高校生になった頃には、もうほとんど忘れてしまっていた。あの頃は太郎くんと一緒に獣医学部を受けるつもりだったから、真面目に勉強していたし。

結局わたしは文学部に進み、消しハン彫りでもの作りに目覚めたおかげで、カピバラグループ系のシステム開発会社に就職した。

そこでまさかのようにタマちゃんと再会するけれど、それはまた別の話。

新入社員は得意先の銀行で口座を作らなければならないとのことで、銀行印が必要になった。これこそ『人生の節目』だと、久しぶりに有久井さんを思いだす。

けれど有久井さんのお父さんが営業していた駅前のハンコ屋さんは、すでになくなっていた。なので次に近いのはどこかと調べて、わたしは仰天する。

十二年ぶりに見晴用水を下り、アンティータへ走った。

なつかしいレンガ作りの建物が見えてくる。

けれど緑色のひさしには、こう書かれていた。

有久井印房

お店の中に入ったわたしは、もっとびっくりすることになる。

でもそれはタマちゃんも経験しているだろうから、割愛させてもらおう。

5

「有久井印房は、もうすぐなくなるんだよ」

休職明けでタマちゃんに誘われた五月、わたしはそんな話をした。

その後は昼休みのたびに、わたしの昔話を聞かせた。青葉《あおば》くんに聞かれたら恥ずかしいので、彼がいないときにちょっとずつ。

すべてを話し終えたときには、川沙希にも夏がきていた。

うちの会社は七月決算で、今日は納会がある。夜までひまがあったので、夕方にタマちゃんをお茶に誘ってみた。

「ここの『有久井印房』はその頃オープンしたばかりだったから、わたしは常連では一番の古株なんだよね」

なにしろわたしは、宇佐《うさ》ちゃんがお客さんの頃から知っている。

店員となった彼女が頭にウサギの耳をつけているのは、お客さんたちを煙《けむ》に巻《ま》くため。でもその元ネタ、というか影響を与えたイメージは、魔法のモカロールとウサギが出てくるわたしの昔話らしい。

『ウサギはすべてを見ているんですよ』

にやりと笑った宇佐ちゃんを見て、印房の未来は安泰なように感じた。

「ええと……アリクイさんって、昔は人間だったってこと？」

タマちゃんがものすごく変な顔をした。今日は青葉くんがいないので、かっこいい先輩を演じないらしい。

タマちゃんは大人になっても昔のままだ。しいて言えば、「プラーザ」という特徴的な姓が変わったくらいだろう。どうもそのせいで、会社では一波乱あったみたいだけれど。

姓と言えば、わたしは太郎くんと結婚して「渋谷花子」になった。

ふたりで書類に名前を並べると、なんでもサンプルみたいになってしまう。あまりにも名前としてしっくりきすぎると、それが自分のものという感じがしない。

でも結婚を機にアリクイさんにハンコを彫ってもらったら、文字はいつもと同じなのに、初めて自分の名前だと実感できた。

思えば銀行印のときもそうだった。引っ込み思案のくせに意地っ張りな性格のわたしは、人一倍社会に出ることに不安があった。

でもアリクイさんが彫ってくれたハンコと、それが押された通帳を見たとき、ふいに自信がわいてきたことを覚えている。

いまでも理由はよくわからない。ただアリクイさんに彫ってもらったハンコを見ると、有久井さんのモカロールを食べたときと同じような気持ちになる。

だからわたしは、タマちゃんにこう答えた。

「アリクイさんは自分をアリクイだと思ってるよ。ここはかつて『アンティータ』という名前の喫茶店で、有久井さんって人が店長をしていただけ」

当時のわたしはしゃべるアリクイに驚くと同時に、また厄介なものと出会ってしまったと自分の魔女人生を恨んだ。

でも経験上、普通の人より順応は早かったと思う。アリクイさんが人間の言葉を話すことについては、太郎くんのウサギ理論で考えることにした。

つまりアリクイさんは実際にしゃべっていないけれど、わたしが聞きたいから聞こえるという風に。

だって話してみると、アリクイさんは有久井さんとしか思えなかったから。実は目が悪いこととか、コーヒーの入れ方までふたりはそっくり。

でもアリクイさんは、わたしが小学生のときのことを覚えていなかった。一緒に彫った消しハンや、魔法のモカロールのことも。

店の壁には「一級印章彫刻技能士」の免状が飾られている。その対象者は「有久井まなぶ」さん。つまりわたしが知っている有久井学さんとは別の人。

でも感覚的には、有久井さんとアリクイさんがわたしの中で連続している。

それはたぶん、わたしがずっとふたりに応援してもらっているからだろう。

「じゃあやっぱり、その有久井さんとアリクイさんは別人なの？」

「タマちゃんとわたしの交流が、十年を経て再開したのと同じじゃないかな」

変わらないところもあるけれど、違う部分だってある。そう考えればいまのタマちゃんは昔と別人だ。それでもわたしたちの友情は続いている。

「うーん……結局キキにもわかんないってこと？」

「あの頃、一度だけ黒猫の声を聞いたってわたしの話をタマちゃんは信じてくれたでしょ。根拠なんてなにもないのに」

「あれは……なんでだろうね。キキがウサギの件でうそを認めたから、黒猫の話がほんとでもうそでも、どうでもいいやってなったのかも」

「つまり、わたし自身を見てくれたんだよね。じゃあアリクイさんに対しても、それでいいんじゃない？」

わたしは長くお店に通っているから、お客さんもたくさん見てきた。

しゃべる動物を平然と受け入れる人もいるし、気味悪がってすぐに帰ってしまう人もいる。そういうときはアリクイさんが落ちこまないよう、宇佐ちゃんがうまくフォローしている。

怖がらないけれど物珍しさでアリクイさんを見にくるお客さんは、そのうち飽きて通わなくなる。戸惑いつつも自分で落としどころを見つけてアリクイさんと向き合う人たちは、やがて常連になる。

タマちゃんの場合は、きっと後者だと思う。ただ仕事柄、なんとなくカラクリを知りたくなってしまうだけ。

「それにこれだけは言えるけど、わたしは昔の有久井さんより、いまのアリクイさんのほうが好きだよ」

だってかわいいから。

有久井さんには申し訳ないけれど、アリクイさんがコーヒーを入れる姿を見るだけで、心がふんわりした気持ちになる。わたしはもともと動物が好きだけれど、そうでないお客さんだって虜《とりこ》になるくらい。

家が遠いから連れてこられないけれど、太郎くんだって気に入るだろう。ちなみに太郎くんの仕事は動物写真家。しょっちゅう出張で北海道《ほっかいどう》に行く。

「確かに宇佐ちゃんも言ってたわ。『深く考えてもしょうがない』って。キキが会社の愚痴をあんまり言わないのは、有久井印房の常連だったからってことね」

タマちゃんが呆《あき》れ顔《がお》で笑った。わたしがこの親友と巡り会えたのも、有久井さんのおかげだと思う。

「うん。有久井印房に通うと、幸せに生きるためのヒントがいっぱい見つかるよ」

「そういえば、春先のあれはどういうこと？　有久井印房がなくなるって」

「今日はそれを話したかったんだ。まだ公表されてないけど、この辺りにフードパークを建てる話があるんだよね。担々麵ミュージアムとかそういうの」

これはお母さんから聞いた話。まだ用地買収も始まってないけれど、水面下でそういう計画が進行しているのは確からしい。

「それ、立ち退き確定なの？　もうどうしようもないの？」

「そうでもないんだって。ここはそんなにいい立地じゃないから、低コストで短期に利益を上げるのが目的らしいんだよね。最初から期間限定の運営だから、住民が強く抵抗した場合はうまみが減るらしいよ」

あくまで現役引退したお母さんの考えなので、実際のところはわからない。でもフードパークを誘致したい自治体はたくさんあるので、スピードを優先する可能性は極めて高いと聞いた。

「じゃあ、商店街の経営者が反対すればいいわけだ」

「そういうこと。だから問題は、アリクイさんにお店を続ける意志があるかってことなんだよね」

「え、ないの？……確かに元気ないっぽいけど」

タマちゃんがカウンターを見た。アリクイさんは表情がないからわかりにくいけれど、最近はぼーっとしているように動きを止めることがある。

「コーヒーの味、変わったでしょ。これはたぶん、アリクイさんにとってものすごくショックなことだと思うんだよね」

たぶんアンティータのときから、ずっと同じ豆を使っているから。それは有久井さんにとってもアリクイさんにとっても、縁の深い取引き先を変えたということ。

「ご明察です、ナコさん。昔の店長を知っている人は鋭いですね」

いいタイミングで宇佐ちゃんが会話に入ってきた。

ちょっと待ったと、タマちゃんが手を上げる。

「ねえ宇佐ちゃん。前から思ってたけど、なんでキキが『ナコ』なの？」

「昔、このお店には花枝《はなえ》さんという常連さんがいたんです。花子さんとは同じ字なので、ごっちゃにならないようにわたしがあだ名をつけました」

もう亡くなられてしまったけれど、わたしも好きだった常連さんだ。花枝さんはいつもにこにこしていて、目が合うと微笑《ほほえ》みを返してくれる素敵な女性だった。

「逆にタマさんは、なんでナコさんをキキって呼ぶんですか？」

「それはまた今度！　実際のところ、アリクイさんはどんな感じ？」

わたしは恥ずかしい過去の話題を避け、強引に話を戻した。

「思秋期っていうんですかね。最近たそがれていることが多いです。豆の業者さんが病気で倒れたこととか、常連の鳩なんとかさんが帰国することとか、色々思うところがあるみたいで」

「……やっぱり。宇佐ちゃんは、フードパーク建設の話は知ってる？」

「ナカザキ屋さんが移転した辺りから、噂になってますね。店長はまだ知らないはずです。いま知っちゃうと、『潮時かな……』とか言いだしかねません」

誰だって、自分に自信が持てなくなる時期はある。そんなとき、アリクイさんのハンコに「大丈夫」と応援してもらった人は多い。

「というわけで、店長に友だちのパン屋さんを紹介してみたんですよ。パンがおいしかったこともあって、ちょっと元気になりました。もう一押しですね」

わたしたちに朗報を伝えると、宇佐ちゃんは仕事に戻っていった。

「なるほど。じゃあ私たちのミッションは、フードパーク建設の情報が一般に広がる前に、それとなくアリクイさんを元気づけることだね」

「タマちゃんなら、そう言ってくれると思ってた」

わたしと太郎くんに、お節介をやいてくれた日のことを思いだす。タマちゃんとの縁がなかったら、きっと娘の桃《もも》は生まれていなかっただろう。

「問題は、どうやって応援するかだね。キキ、アイデアは？」

「ちゃんと考えてるよ。たいしたことじゃないけど」

わたしがプランを説明すると、タマちゃんは「それいい！」と賛成してくれた。本当にたいしたことじゃないけれど、アリクイさんは感じ取ってくれると思う。

「そろそろ時間だね。納会に行こうか」

会計を済ませて、ふたりでお店を出た。

「ところで、キキが話してたモカロールってもうメニューにないの？」

答えようとしたところで、お店の前に女性が三人やってきた。

「あちゃー。モカロール、売り切れだって凜花《りんか》ちゃん」

ちょっとはすっぱな感じの女性が、テーブルに置かれた黒板を指さす。

「ささめちゃんショックー。今日は夏期限定の『めろめろメロンパフェ』を食べたかったのにー」

ゴスロリ服を着た縦ロールの女の子が、思い切り舌打ちをする。

「市顔《いちがお》さん、文句言わない。モカロール売り切れじゃしょうがないでしょ。あと勝手にメニュー創作しない」

わたしと同年代の女性が、ゴスロリの女の子をたしなめた。

年齢のバラバラな三人の女性は、残念そうに商店街のほうへ歩いていく。

「ねえキキ。いまの人たちおかしくない？　パフェを食べるつもりの女の子が、モカロール売り切れで帰っていったけど」

「モカロールには魔法がかかっているからね。食べられるのは勇気が必要な人だけなんだよ。それが売り切れということは、いまアリクイさんが誰かを応援しているってこと」

お店を振り返ると、カウンター席に若い男の人が座っていた。ほっぺたが赤いけれど、わたしみたいに緊張しているんじゃなくて酔っている模様。

そんな男性の前では、アリクイさんが「モモ」みたいに静かに耳を傾けている。

常連客はみんな、お店に通ううちに『モカロール　※売り切れました』の意味を知っていく。だからさっきの女性三人は、気を利かせて帰っただけ。

「宇佐ちゃんがお店の忙しさをコントロールする方法って、これだったんだ。売り切れ必至のモカロールは、そもそも存在しないってことね」

タマちゃんが残念そうに肩を落としたので、わたしは心の中でくすりと笑った。

実を言うと、モカロールはときどきメニューに載っている。

ただその掲載タイミングは宇佐ちゃんの気まぐれで、ウサギのコロッケを抱っこするのと同じくらい、彼女から情報を聞きだすのは難しい。

でもタマちゃんなら、そのうちモカロールを食べられるだろう。

少なくとも宇佐ちゃんは、わたしやウサギと違って逃げたりしないから。

ARIKUI no INBOU

師匠とレスカと

有久井印房

1

篆刻台《てんこくだい》に、ぽたりと血が落ちた。

最後に印刀で指を傷つけたのは、いつのことだったか。

高校卒業と同時にこの世界に入り、四十年以上は印を彫っている。

近い記憶の鮮血は、自分ではなく学《まなぶ》のものだ。

印章を彫刻する際に、俺は篆刻台を使う。印材を固定する万力《まんりき》に似た道具だ。ほかには「にぎり」と呼ばれるペンチ状の器具で、印材をはさむこともある。

どちらにせよ、自分を彫るようなヘマはやろうと思ってもなかなかできない。

だが指にタコもないような小僧であれば、話は別だ。

俺の息子とは思えないほど、学はまともに育った。よほど操《みさお》の教育がよかったんだろう。とうとう大学にまで入り、歴史の勉強なんぞをしていた。

末は博士か大臣か。さすがにそこまでは思わないが、まっとうな勤め人くらいにはなるだろう。そう安心していた。

しかしなにを思ったか、学は「跡を継ぎたい」と抜かしやがった。

カタギの親なら喜ぶだろう。しかしこちとらハンコ屋だ。

儲からない、客はうるさい、ほととぎす。おまけに時代はペーパーレス。

手塩にかけて育てちゃいないが、先の見えない稼業を息子に継がせるほど俺もヤクザじゃない。

弟子にしてくれという学の申し出を、俺は門前払いで袖にした。

だが、あいつは諦めなかった。

頼みもしないのに、学は店の向こう三軒両隣をほうきでせっせと掃き清めた。

そのうち近所と挨拶するようになったらしい。しばらくすると、隣の乾物屋のババアが言ってきた。

「よかったわねぇ、有久井《ありくい》さん。学ちゃんが跡を継いでくれて。これであたしも、安心してお客さんを紹介できるわ」

ばあさんは顔が広い。卒業祝いのハンコ製作みたいな、うまい仕事を紹介してもらった恩がある。こうなると、形だけでも義理を通さないわけにいかない。

しかたなく、俺は学を店に置いてやることにした。

学はよく働いた。任せる仕事は使い走りばかりだが、まるで文句も言わない。

彫刻のことなどなにも教えちゃいないが、学は俺をよく見ていた。店を閉めてから夜遅くまで、ひとりで柘《つげ》なんかを彫ってやがった。

そこまでやられたら、こっちも無視できない。見てやるから彫ってみろ。そう言って水晶をやらせたら、案の定、指をざっくりいきやがった。

まあ駆けだしの頃ならよくある。

しかし俺はそれをきっかけに、学を追いだした。

『才能がない』

そう言ってやった。一年前のことだ。あいつは三年ほど俺の下で働いたから、結構な時間を無駄にさせたことになる。

「……俺もヤキがまわったな。飲みに行くか」

印刀で指をこかした上に、つまらない昔話を思いだす。こんな風にケチがついた日は、仕事なんぞやっていられない。

俺はコール天の上っ張りを羽織り、小上がりからセメント床の売り場へ降りた。

「あれ、お父さん。出かけるんですか」

間の悪いことに、学が店に入ってくる。

「ちっ、なんの用だ」

「家族の顔を見て舌打ちしないでくださいよ」

操がどんな教育をしたのか知らないが、こいつは親にも丁寧な言葉を使う。川沙希《かわさき》で生まれ育った俺には、気持ち悪くてしかたがない。

「黙れ。おまえは破門にしたはずだ」

「息子として様子を見にきただけです。店も近所ですし……というかお父さん、このやりとりって毎回必要ですか？」

必要だ。油断をすると、こいつはすぐ店を継ぎたがる親不孝者だ。

「ああもう、散らかしっぱなしで。『住《す》み処《か》の乱れは心の乱れ』じゃなかったんですか。お母さんが亡くなってからたるんでますよ。ほら、ストーブだって点《つ》けっぱなしじゃないですか」

店の真ん中に置いただるまストーブの前で、学がスイッチのつまみを回す。その上には、寝酒で食い散らかしたスルメが散っていた。

「お父さん、ちゃんと食べてますか？」

「余計なお世話だ。もう店を閉める。そこをどけ」

「店を閉めるってまだ三時ですよ。お勤め帰りのお客さんがこれから……って、お父さん！　血が！　血が出てます！」

メガネをかけた学の顔が、ぬっと左手に近づいてくる。

「かすり傷だ。ちょっと……座布団で切っただけだ」

「座布団……ですか？」

「うるさい！　そういうたとえがあるんだ！」

あるわけがない。印刀でこかしたとは口が裂けても言えないし、包丁なんて答えればこいつは心配して飯を作りにくる。視界に入ったものを答えるしかなかった。

「あの、お父さん」

「しつこいぞ！　さっさと帰れ！」

「いえ、お客さんです」

店の入り口に、若い男が立っていた。

三十前か、やや後か。平日のこんな時間にふらふらしているわりに、身なりは整っている。いつもの借金取りではなさそうだ。

「あんた客か？　あいにく今日は店じまいだ。急ぎなら隣町へ行け」

「お父さん。ただでさえお客さんが減っているんですから、きちんと仕事してくださいよ。お待ちください。いまお話をうかがいますので」

学が勝手に客と話し、ストーブの横にパイプ椅子を二脚置いた。

俺は舌打ちしながら腰を下ろす。指が痛かった。早く酒が欲しい。

「急ぎではないので、取りこみ中なら日をあらためますが」

客の男は落ち着いている。言葉遣いに育ちのよさがうかがえた。

「嫌味のつもりか？　どう見ても、閑古鳥が鳴いてるだろうが」

先代から引き継いだ店の屋号を、「有久井印房」とあらためて三十年。望口《のぞみくち》駅の目の前と立地だけはいいが、客なんざまるできやしない。

それも当たり前だ。建物はぼろぼろで、ひび割れた壁を隠すビールのポスターはすっかり日焼けしている。先代師匠の奥様が健在だった頃は、店の隅に火鉢を置いて餅を焼いていたような店だ。

ファッションビルやら海外のチェーン店が並ぶこじゃれた街で、有久井印房は異質と言ってもいいだろう。こんな化石みたいな店でハンコを買うやつは、この客みたいな世間知らずのぼっちゃんだけだ。

おかげで借金もかさんでいる。俺自体にもガタがきはじめた。

俺も、この店も、平成という新しい世にはふさわしくない。

「お手すきなら注文したいのですが。結婚を機に実印を作ろうと思いまして」

「実印か。あんた名前は」

「宮前譲《みやまえゆずる》――宮の前に譲葉《ゆずりは》です。すぐそこの音楽大学で教鞭《きょうべん》を執っています」

俺は小上がりに手を伸ばして印箋《いんせん》を取り、即座に印稿を書いた。

「三文字で見栄えがいいのは、こういう書体だ。印材は……貴石《きせき》なら、紫水晶、虎目《とらめ》石《いし》、瑪瑙《めのう》がいいだろう。角牙《かくが》なら象牙《ぞうげ》だ。間違っても杉や楓《かえで》なんて選ぶなよ。いま見せてやる」

パイプ椅子を後ろに傾け、レジ横に置いた印材の見本を取る。

「お父さん。全部何万円もする高級印材ばっかりじゃないですか。ちゃんとお客さんに選んでもらわないと」

学の言葉に宮前譲はえっと驚き、印材に貼られた値札を見て目を丸くした。まあ教師の安月給じゃ懐が痛いだろう。それはこちらも同じだ。

「なあ若いの。ハンコは人の分身だ。『ハンコを見ると人柄がわかる』って言葉、教養のあるあんたなら聞いたことあるだろう？」

「ありますが……しかし、思ったよりも高いですね……」

「ああ高いさ。ハンコは一生の買い物だ。それをケチると男がすたるぜ。結婚前に女房に愛想をつかされたいんなら、文房具屋で三文判でも買ってきな」

女房の下りで、宮前譲の目が開いた。こういう手合いは女に見栄《みえ》を張りたいか、引け目を感じているかのどちらかだ。必ず乗ってくる。

「……象牙でお願いします」

「任せろ。一週間後に取りにこい」

客が店を出た。学がなで肩を丸めてため息をつく。

「お父さんの仕事のやりかたに、ぼくは賛成できません」

仕事のことに、操は口を出さなかった。あいつはいつも穏やかな顔で、俺が垂れ流す文句を静かに聞いていた。

学にもそういうところがある。しかし操が死んでからは、なんのかんのと口うるさい。店のことになると特にそうだ。

「余計なお世話だ。部外者に口を出される筋合いはない」

「だったらもう一度、弟子にしてください。有久井印房は、お父さんが三十年も続けてきた店じゃないですか！」

学が凛《りん》と眉を上げた。ハンコの話になるといつもこうだ。

「こんな風にやぶれかぶれでやっていたら、いつか本当に……」

つぶれると言いたいのなら、それは間違っている。

あと何年かは、ごまかしながら商売を続けることはできるだろう。だがそんなことをしても意味がない。

時代は変わった。ハンコに価値はなくなった。

だったらそれを彫るものも、無用の存在だ。

俺の役目はもう終わっている。いくつか義理の仕事をすませたら、つぶれる前に店をたたむつもりだ。

「人の店のことより、自分のことを心配をしたらどうなんだ?」

学は小さくうめいた後、しかられた犬に似た情けない顔をした。頭の上に耳でも生えていたら、ぱたりと伏せたに違いない。ちんけなハンコ屋のせがれより、いっそ動物にでも生まれたほうがこいつは幸せだっただろう。

「じゃあな。作業場をかたすつもりなら、店のシャッターも降ろしといてくれ」

俺は学に鍵を放ると、振り返らずに店を出た。

望口には商店街がふたつある。

俺の店があるのは駅の北口だ。こっちはいわゆる繁華街で、商店街にも「ミラミラ通り」なんて名前がついてそれなりに栄えている。

だが見晴用水の辺りまでいくと、もう地元の人間しか通らない。まあ商店街なんてものはどこもそうだろう。

もうひとつの商店街は西口だが、こっちはほとんど横町だ。

昭和の香りが残る街角。そう言えば聞こえはいい。

実際はボロい飲み屋がひしめき合う通りで、多くの人間が連想するのは「戦後間もない頃」だ。

まだ四時にもなっていないが、横町にはすでに赤い顔をしたやつが多い。

ここは居心地がよかった。建物も人も変わらず、昔ながらの下町が残っている。師匠から受け継いだ店は北口でも、俺の居場所はずっと西口だ。

「大《だい》ちゃんよぉ、こんな時間に店ぇほっぽってていいのかい」

立ち飲み屋の親父が、仕込みの合間に声をかけてくる。

俺の名前は有久井大《まさる》だ。猫も杓子《しゃくし》も名前に「大」の字を放りこまれた時代の生まれで、読めねぇもんだから昔なじみはたいてい「大ちゃん」と呼ぶ。

「もう閉めた。どうせ客なんざきやしねぇよ。いいから酒くれ」

汚いのれんをくぐり、俺は親父に注文した。

実際は宮前譲というカモがきている。だが仕事に入る前には、まず手を治す必要があった。俺に必要なのは百薬の長で、小言や説教なんかじゃない。

「そりゃおかしい。西口のうちでも、ぼちぼち客はきてくれる。あんな駅前のいい場所で、人がこないなんてあるのかね」

「あ？ 俺の仕事が悪いってのか？」

「からむなって。大ちゃんの腕は知ってるよ。夕子《ゆうべこ》神社の御朱印だって、あんたが彫ったらしいじゃないか」

あれも乾物屋のババアの口利きだが、仕事には手を抜いていない。

むしろあの印は、俺の代表作と言っていいだろう。そしておそらくは、俺がまともにやった最後の仕事になる。ああいう仕事はもう入ってこない。

「腕なんて関係ねぇ。時代が変わっちまったんだよ。いまじゃハンコはただの消耗品だ。昔三文いま百円ってな」

ハンコを通帳と一緒にタンスの奥にしまうなんてのは、はるか昔の話だ。それが時計や万年筆と同じ、自分の価値を高めるものとは誰も思わない。

安かろう悪かろう。また新しく買えばよかろう。職人が手彫りした仰々しいハンコより、機械が彫ったスタンプまがいが手軽でよしのご時世だ。

「そんなのは、どの商売だって一緒じゃねぇの。うちだって生き残ろうとして、少しずつやりかた変えてるんだぜ」

「そうだろうよ。ホッピーのナカが薄くてしょうがねぇ」

「飲み屋が焼酎ケチるもんかい。大ちゃんよ、あんた操さん亡くしてから飲み過ぎだぜ。ちったぁ歳のこと考えて、健康に気を使えって」

「うるせえな。俺は女房亡くして酒に逃げるような、安い人生送ってねぇよ」

「みんなそう言うんだよ。俺だって、立ち直るまでには時間がかかった」

そういうことが一度あった。連れ合いを亡くした親父は長く店を閉めた。その間なにをしていたかと思えば、隣のモツ屋でこの世の終わりみてぇな顔で飲んだくれていただけだ。

「テメェのことなんぞ知るか。めそめそめそめそみっともねぇ」

「いやあ、俺だけじゃないぜ。ああいうの、『みっどらいふ・くらいしす』って言うらしいんだよな」

「あ？　なんだそりゃ」

「日本語で言や、『中年の危機』だよ。人間ってのは歳を取るだろ？　そんであるとき人生を振り返って、思ったようにいかなかったことに気づくんだ」

親父の言葉に、俺は顔をしかめた。

操を失ったとき、人生を後悔したことがある。どこかで失敗したような、それを操に失望されたような、そんなろくでもない気分になった。

「そうすると、心にぽっかり穴が空いてさ。もうどうでもいいって、やぶれかぶれになっちまうんだ。中年の思春期だから、『思秋期』って呼ばれてるらしい」

「くだらねぇ。そんなのはもうろくしただけだ」

「いやいや。俺もカミさん亡くしたときは、もう店を閉めようなんつって酒に溺れたけどさ。ありゃよくないぜ。体壊すだけだ」

なにが思秋期だ。俺が店を閉めるのは、操の死とは関係がない。

俺は乾物屋のばあさんに聞くまで、操の病気を知らなかった。学も口止めされていたらしい。操はそういう女だ。

「俺はきちんと健康を考えてる。だから立ち飲み屋なんぞにきてやってんだよ。こちとら一日中座りっぱなしなんだ。御託はいいから軟骨焼け。ありゃ骨にいい」

くだを巻き、そこらで小便をひって、また安い酒を飲む。

そうやって一日を無駄にして、心のどこかで後悔する。

そんな毎日が、もうずっと続いている。

だが俺が世拗《す》ねたふりをしている間も、世界は廻《まわ》る。

夜空に円《まる》い月が出た。ハンコみてぇで縁起がいい。

「じゃあな。明日もきてやるから、くたばるんじゃねぇぞ」

親父に軽口をたたいて店を出る。足が自然と夕子神社に向いた。

なにか目的があるわけじゃない。ただの散歩、いや酔歩だ。

夕子さんは江戸より前の世からある神社だ。由緒は正しいが大きくはない。昔から厄除《やくよ》けと縁結びで、地元の人間に親しまれている。

商いをやっている人間はみんなそうだが、俺も神仏への礼儀は欠いてない。

『小間物にせよ大物にせよ、彫刻は魂をこめる作業だ。俺たちは印材に人の魂を彫りつける。ハンコに人生を刻みつける。神の所業と同じだ』

彫刻はそういう仕事だと、師匠に教わった。

「昔はよ、そういう仕事だったんだよ……」

うらみがましくつぶやいて、賽銭箱《さいせんばこ》に五円を落とす。飲んだ日はいつもそうしていた。つまり日課だ。

「……寒いな」

白髪《しらが》ばかりの頭に木枯らしが吹きつける。帰って一杯ひっかけて寝よう。

そう思ったはずだが、気がつくと見晴用水の脇を歩いていた。

人の気配がない。このままぶっ倒れたら凍死だなと、嗤《わら》う。

だがそうはさせじと、目の前にそいつが立ちふさがった。

喫茶　アンティータ

こじゃれたレンガ造りの喫茶だ。学はここを経営している。

おまえには才能がないと追いだすと、あいつは縁を頼りにこの店を始めた。昔からコーヒーやら紅茶の好きなガキだったが、商売にするとは思ってもみなかった。

それとなく中をのぞいてみると、客なんざひとりもいやしない。

当たり前だ。こんな人通りのない場所で工夫もない喫茶をやって、成り立つわけがない。『アンティータ』なんて気取った名前をつけたところで、下町の隅じゃみじめなだけだ。

「いいかげん、こんな店やめちまえ」

店のドアを開けながら言うと、奥のテーブルにいた学が振り返った。

「お父さん。どうしたんですか急に」

「家族が様子を見にきたら悪いのか？　店も近所だぞ」

夕刻の仕返しをしてやる。身内に顔を出される不愉快を思い知ればいい。

「それじゃ、学くん。僕たちは帰ります」

学の陰に隠れて見えなかったが、客がひとりいた。三十前後の男だ。隣の席には小さな子どもがいて、ガラスの器に入ったなにかを飲み干している。

「フルーツポンチ、スゲェうまかったです」

子どもが言うと、学がそれはよかったと笑った。

「以前コロンビアで知り合った、コーヒー好きの方です。趣味で焙煎をしてらっしゃるんで、豆を分けていただいてるんですよ」

親子連れが出ていくと、学がそう説明した。

「あ、いや、もう帰るところだったので、お父さんが追い返したわけじゃ……」

俺の表情にばつの悪さを見たのか、学が気を使う。

「……メニューを出せ」

「え。なんでですか」

「ここは喫茶だろうが。客がきたならすぐにお冷やも出せ」

俺がカウンターの席に座ると、学が「家族じゃなかったんですか」と不服そうにメニューをよこした。

ペラ一枚のそれをざっと眺める。コーヒーの種類ばかりが多い。

「喫茶の客は、『いつもの』コーヒーを飲みたがるもんだろう。こんなに数をそろえても無駄だ。少しは商売を考えろ」

「お父さんだって、ほとんど注文されない印材も用意しているじゃないですか」

舌打ちが出た。大学出だけあって頭は回りやがる。

「受注してから取り寄せていたら時間がかかる。ハンコってのは、必要に迫られて作りにくるもんだ。コーヒーと一緒にするな」

だが商売を考えたら同じだ。急ぎで虎目を彫ってくれなんて客はいない。注文される印材なんて、ほとんど決まっている。

「どうぞ」

まだなにも頼んでいないが、学がカウンターにグラスを置いた。

炭酸が弾ける透明の液体には、輪切りのレモンが一枚飾られている。

「なんだこれは」

「見ての通り、レモンスカッシュですよ。お父さんはコーヒーを飲まないですし、お酒のあとにミルクセーキも頼まないでしょうから」

となるとほかに頼むものはない、ということだろう。コーヒーは飲まないのではなく飲めないのだが、余計なことを言う前に俺はストローをくわえた。

「……ふん。昔飲んだレスカと違うが、まあまあだな」

若い頃に操と出かけると、レスカやレモネードをよく飲んだ。あの頃は文化が右へ倣えで欧米にかぶれていたから、選択肢がろくになかった。

学のレスカは、昔飲んでいたものに比べて口当たりがいい。舌に甘ったるさがまったく残らず、まるでレモンサワーのようだ。

「おいしいと感じるなら飲み過ぎですよ。そのレモンスカッシュ、はちみつも砂糖も入ってない、完全な酔い覚まし用ですから」

「なっ……！」

思わず歯ぎしりする。そこまで酔ったつもりはなかった。

「お酒、ほどほどにしてください。もうお母さんはいないんですから」

「さっきも言ったが、人の心配より自分はどうなんだ」

俺は当てつけるように店を見回した。もう遅い時間とはいえ、開いている飲食店に客がひとりもいないのは不健全だろう。

「このままだと、俺の店なんかより早く潰れっちまうぞ」

「あ、そうだ。夕方に言いそびれてしまったんですけど」

「親の忠告を聞け！」

思わず怒鳴ると、学が犬の顔になった。

「ここは下町だ。人通りも少ない。『アンティータ』なんて、スペイン語だかイタリア語だかわからん名前をつけても無駄だ。地元のじいさんばあさんが集うような、井戸端の店を作れ」

「『アンティータ』は英語ですよ。アントイーター、つまりアリクイです」

「だじゃれを言ってる場合か！」

「ぼくだって、努力はしていますよ。消しゴムハンコ教室を始めたら、お客さんがひとりきてくれました」

「なにが消しゴムハンコだ！　俺が彫るハンコ一本とおまえのコーヒー一杯じゃ利益がまるで違う。客をひとり増やしたくらいじゃ、どうしようもねぇだろうが」

「それでも、大切なお客さまです」

いつもは人の話に静かに耳を傾ける学も、店のことになると聞きやしない。どうして似なくていいところばかり似るのか。

「あ、さっきの言いそびれた話ですけど、明日からしばらく旅行にいきます。コーヒーの勉強でペルーのほうに。今回は一週間ほどで帰ってきますから」

確か以前にも、学はブラジルだかエクアドルだかに行っていた。けっこう長いこと滞在していたらしいと、乾物屋のババアから聞いた記憶がある。

「もういい。勝手にしろ」

「宮前さんのハンコ、忘れないでくださいよ」

「余計なお世話だ!」

カウンターに金をたたきつけて店を出る。

まともに商売もできないくせに、ふらふらと外国に出かけていく。どうしてこんなフーテンに育ったのか。眠る前から二日酔いしそうだ。

「こんなことだったら、俺の跡を継がせたほうマシだったんじゃないか?」

月に問いかけると、操が笑ったような気がした。

学が帰ってきたら、母を心配させるなと説教してやろう。

2

学のレスカを飲みたくなったのは、宮前譲にハンコを渡した日の夜だ。

あのレスカはレモンをしぼった炭酸水にすぎないが、酔っていると悪くない。もうそろそろあいつもペルーから帰っているだろうと、見晴用水を酔歩する。

だがアンティイータの前に着くと、閉店の札がかかっていた。

まあ先日よりも遅い時間だ。店じまいでもおかしくない。

その日は舌打ちして家に帰ったが、しばらくして妙だと気づいた。くるなと言ってもしょっちゅう俺の顔を見にきていた学のやつが、最近とんと現れない。最後に会った日からは、もう二週間ほど経っている。

気になって昼間に様子を見にいったが、アンティータは休店したままだった。近所の店に聞いてまわると、もうずっと閉まっているらしい。

「大ちゃん、こんなところで油売ってる場合じゃないだろ。学ちゃんを探せよ」

一ヶ月もすると、飲み屋の親父が怒り始めた。

「あいつだっていい大人だ。嫌なことがありゃ雲隠れくらいするだろうよ」

そんなやつだとは思わないが、俺は学のことなんてなにひとつ知らない。知っていた操はもういない。いまさら父親ヅラをしてなんになる。

「でも外国だろ。なにかに巻きこまれてるかもしれないじゃないか」

そうかもしれない。乾物屋のばあさんが警察に駆けこんだようだが、わかったのは最後に立ち寄った場所だけだ。事件性がないただの行方不明では、現地もどうしようもないらしい。

「そのうちふらっと帰ってくるさ。いいから酒をよこせ」

「大ちゃん、あんた絶対に後悔するぞ。老い先が長くないんだから、もうちょっと素直に生きろって」

「客に毒を飲ませるやつが、いっちょまえに毒吐くんじゃねぇよ」

「この野郎！　こっちが心配してやってんのに！」

殴りかかってきた店の親父を、ほかの客が止めた。

「有久井さんよ。あんたがいると酒がまずくなる。よそ行ってくれるか」

「あ？　夕方から飲んでるような穀潰しがなに言ってんだ」

立ち飲み屋は五人も入れば席が埋まる。そこに並んだ雁首《がんくび》が、どいつもこいつも泣きそうな顔で俺を見ていた。

「……けっ。しみったれた店にシケたツラ並べやがって」

「一番シケたツラしてんのは大ちゃんだろうが！　みんなあんたの顔見てわかってんだよ。あんたがいままでの人生を後悔してるって。学ちゃんに店を継がせりゃよかったと思ってるって」

「テメェ、なにを言って――」

「大ちゃん。俺たちゃ、あんたのそんな顔見たくねぇよ……」

親父の目に涙が浮かんでいた。

「……クソっ！　こんな店、こっちから願い下げだ！」

怒鳴り返して店を出る。

コンビニでパック酒を買い、夕子神社の境内でご神木の前にあぐらをかいた。

「学は、もう死んでるんだろ？」

あいつが俺の息子なんかに生まれてきたせいだ。

「操が死んだのだって、俺が悪いんだろ？師匠から受け継いだ店だって、時代がつぶすんじゃねぇんだ」

全部、俺がなにかをしくじったからだ。

「後悔なんて、してるに決まってるだろ！　だがいまさらどうしろってんだ。学は消えちまったんだ。もう……どうしようもねぇだろうがよ……」

冬の風が身を切る。

治りの遅い手の傷が痛む。

「すまねぇ……すまねぇなあちくしょう……」

俺は学と操に贖《あがな》うように、涙が流れる目を閉じた。

「お父さん、こんなところで寝ていたら風邪をひきますよ」

はっとして目を開ける。

だが俺を揺さぶっている男は、学ではなかった。

「あんた、誰だ」

「藤丘《ふじおか》と言います。学くんの友人で、以前お父さんとも会っています」

思いだした。俺がアンティータを冷やかした際に、先客として店にいた子連れの男だ。確かコーヒーをわけてもらっていると、学が言っていた気がする。

「あちこち探したんですよ。行きつけの飲み屋さんで聞いて、ここかもしれないと大将からうかがいました」

本当に余計なことをする親父だ。

「そうか。悪いがあいつの葬式をやるつもりはない。ほっといてくれ」

「ほっておけませんよ。お父さん、パスポートは持ってますか」

「パスポート？　あんたなに言ってんだ？」

「学くんは『世界一おいしいコーヒー』を探しに行ったんです。もしかしたら、まだ見つけてないのかもしれません。お父さん、一緒にペルーへ行きましょう」

こいつは頭がおかしい。

最初はそう思ったが、藤丘はそれから何度も店にきて俺を誘ってきた。

行かなければ後悔しますよと、どこかの店の親父のように。

「なんで、こんなことになったんだ……」

俺は飛行機の中からアンデス山脈を見下ろしていた。

「学くんを見つけるためです。がんばりましょう」

藤丘は行動力の塊だった。俺が酔って「ペルーでもどこでも行ってやらあ」とわめいたら、あっという間に旅支度を調えて飛行機に押しこまれていた。

その後も学が消息を絶ったコーヒー農園を訪れると、だてメガネをかけた自分を指さし、「こういうジャパニーズ見た？」と、日本語で問いかけていた。それはなぜか通じていたし、藤丘も相手の言葉を理解した。

ひとまず現地の人間の話によると、この辺りの治安は悪くないらしい。しかしペルーは広大なサバンナと、アマゾンの熱帯雨林を有する国だ。なにかの犯罪に巻き込まれずとも、危険はすぐそこにある。

だが農園のやつらは、「そのうち帰ってくるさ」とみなのんきだった。

『いなくなった人は迷子になっただけ。探しものが見つかったら帰ってくる』

そういう言い伝えがあるらしい。さすがはナスカの地上絵やらマチュピチュやらの遺跡がある国だ。誰も行方不明者を心配していない。

所詮は他人事なんだろう。俺たちも同情をもらいにきたわけじゃない。

滞在期間中は、足を棒にしてあちこち歩き回った。

しかし警察が得た以上の情報はなかった。学はのほほんとこの国へやってきて、煙のように消えてしまった。そう思うしかなかった。

旅の終わりで、俺は藤丘に詫《わ》びる。

「悪かったな。あんたにここまでしてもらったのに」

藤丘がいなければ、俺は学を探すこともなかっただろう。先の後悔をひとつ減らせたという意味で、この男には感謝している。

「いえ。僕も力及ばずですみません」

「あんたが謝るこたねぇさ。早く帰って子どもに顔を見せてやってくれ」

「いやあそれが……」

離婚したらしい。まあこの男についていける女房もそういないだろう。

気苦労ばかりかけて操を逝かせた俺も、似たようなものだ。

人が長く生きれば、色々なものを背負う。

それを失いたくないから、みな変化を恐れる。

習慣、行動、思想。

それを変えなければ大切なものを失うとわかっていながら、それでも守ることしかできない。

大切なものがたくさんあったのに、俺はすべてを失ってしまった。

俺は愚かな歳の取り方をした。もうやり直すことはできない。

だが藤丘は違う。

「おまえは、自分が正しいと思っているのか？」

帰国して、空港で藤丘に言った。

「なんの話ですか」

藤丘が首をすくめる。ペルーと温度差があるせいか、やけに肌寒い。

「おまえの人生の選択すべてだ」

「どうでしょうね。でも間違っても、僕が選んだ道ですから。どうぞ」

藤丘の車に乗った。川沙希へ向かって走りだす。

「ときどき、立ち止まれよ」

「道、間違ってましたか？」

「道路じゃねぇ。人生だ。説教くさいことは言いたくないが、前に進めばいいってもんじゃない。ゴールに着けなくたって、最後に笑えりゃいいんだ」

藤丘はだまって聞いていた。目は前方の車に向いているが、なにを見ているのかはわからない。学のことを考えているのかもしれない。

車が望口の駅に着いた。

「じゃあな。なにかわかったら連絡してくれ」

「お父さん。ひとつお願いがあるんですけど」

藤丘が言った。その目は俺ではない別のなにかを見ている。

「あんたには世話になった。俺にできることならなんでも言ってくれ」

金はないがとつけ足すと、藤丘が笑った。

「そういうんじゃないんですが、けっこう厚かましい話です」


仕事場で昼をぼんやりと過ごし、夕方になったら立ち飲み屋へ向かう。

帰国してから一年が経ったが、俺の生活は以前となにも変わらなかった。

飲み屋の親父はなにかと心配してきたが、例のミッドライフなんたらとは違う。

いまの俺は、店の中でただ待っているだけだ。

学じゃない。

どんな注文でもいい。最後に自分の魂を削り切って、生きた証《あかし》を彫りつける。そんな仕事ができる最後の客を、俺はずっと待っていた。

それですべてを終わりにするつもりだ。この店も、俺自身も。

小上がりの作業場から、開け放った店の入り口をにらむように見る。

日が落ちるのが早い季節だ。四時でも外は薄暗い。

そんな夕方の時間に、そいつは現れた。

「ごめんください」

入り口に影が立った。誰《た》そ彼《がれ》どきとはよく言ったもので、風体《ふうてい》がよく見えない。

ただそいつは学に似て、穏やかな声をしていた。

「客か。入んな」

売り場へ降りる。どれ最後の客はとツラを拝んだ瞬間、俺は度肝を抜かれた。

「うおっ……なんだ？」

そいつは派手な色使いのポンチョを着ていた。頭にはテンガロンハットをかぶっている。アンデスの民族衣装に似ているが、その中身が人間じゃない。

巨大化した貂《てん》。もしくは白いカンガルー。そんなへんてこな生き物が、俺の前に二本の足で立っていた。

『コンドルは飛んでいく』でも演奏しそうな格好で。

「ここは、有久井印房ですか」

白い生き物が店の中を見回す。俺は悟った。

「最後に一本彫りたかったが、お迎えがきたんならしょうがねぇな」

落語に出てくる死神はよぼよぼのじいさんだが、これも時代の変化だろう。不慮の事故や病死とは違い、生きるのが嫌になっただけの人間には、こういうわけのわからない冥途の案内人がくるわけだ。

「あの、お迎えではないと思います」

「じゃあなんだ。今日はまだ飲んでないから酔っ払っちゃいない。おまえは俺がうたた寝で見ている夢か？　さては夢を喰《く》うバクか？」

「いえ、ぼくはアリクイです」

「なに？　……ああ、そういうことか」

思わず混乱したのは、自分の姓が珍妙なせいだ。普通はアリクイと言ったら動物のことを指す。

「だがアリクイってのはもっと黒いはずだ。やっぱりバクだろう？」

「それはオオアリクイですね。ぼくはミナミコアリクイなので、樹《き》に登って果物を食べたりします。あと夢を食べるのは妖怪のほうの『獏《ばく》』で、『バク』は普通の動物だと思います」

「そんなもん知るか！」

学のような口の利き方に、つい怒鳴ってしまった。

するとアリクイが耳をぱたりと伏せる。既視感があった。

「まさかおまえ、学か……？」

つい口走る。血迷ってはいないはずだが、すがるような気持ちがあった。

「わかりません」

「あ？　わからないって、どういうことだ」

「目が覚めたとき、ぼくはこうだったんです。ずっと昔からアリクイだった気がしますが、なぜか日本語を理解できます」

そんなバカなと思っても、俺の目の前にそれはいる。

「おい」

「な、なんれふか。やめてくらはい」

かつがれているのかと、俺はアリクイの頰をつまんだ。完全に動物の感触だ。中に子どもが入っているような着ぐるみじゃない。

「おまえは本当に動物なのか？　動物が俺になんの用だ」

「用というか、なんとなく『有久井印房』というところに行かなければならない気がしたんです。ここは『有久井印房』ですよね？」

アリクイがつぶらな黒目で俺を見上げる。新手の詐欺のように思えるが、その瞳に悪意は感じない。

「ああ。ここは有久井印房だが……」

「よかった。ペルーからここまでくるの、ものすごくたいへんでした。うっかりインドやオーストリアのほうにまで行ってしまって、ここまでくるのに一年くらいかかってしまいました」

ペルーと聞いて、学の顔が浮かんだ。そう言えばこいつは声がよく似ている。というより、言葉選びや抑揚があいつと同じだ。

「まさか、こいつは学の生まれ変わりなのか……？」

現地の人間は『そのうち帰ってくる』とあっけらかんとしていたが、こういう意味だったんだろうか。

「生まれ変わり……学さんは、亡くなったお身内のかたですか？」

「……ああ。俺の息子だ。世界一うまいコーヒーとやらを探して、ペルーで行方不明になった。それがどうして、こんな面白い姿になっちまったんだ」

俺はアリクイの体をあちこちなで回した。

「む、息子さんを愛してらっしゃったんですね。でもすみません。ぼくはただのアリクイで、学さんではないと思います」

「……当たり前だ。ちょっと手触りを楽しんだだけだ。俺の息子がこんなにふかふかしているわけがない」

口調や耳を伏せる仕草、そして『探しものを見つけたら帰ってくる』という現地の伝説を思いだして、息子の生まれ変わりと信じたかっただけだ。

百歩譲って、しゃべるアリクイの存在は認めてやろう。

この店に引きつけられたという話も、ひとまずは不問にしてやる。

だがこいつは学ではない。都合よく息子の生まれ変わりと思いこんで、生前の罪滅ぼしをしようなど虫がよすぎる。

こいつはただのしゃべるアリクイだ。そう扱わねばならない。

「あの、ぼくはこれからどうすればいいんでしょうか」

「俺に聞かれたって知るか！」

アリクイがほとんどない肩を落とした。その仕草に心の中でなにかがうずく。

「……まあ遠くからきたんだ。茶くらいは出してやる」

「あ、でしたらぼくがやります。あちこちでお茶をもらいましたので」

アリクイが辺りを見回す。小上がりの奥に流しを見つけると、白い毛の生えた手でストーブの薬缶《やかん》を運んでいった。

「有久井印房は、ハンコ屋さんですか」

水を汲《く》みながらアリクイが言う。

「まあな。正確に言えば印章彫刻店だ」

「彫刻ですか。ぼくも彫るのは得意です」

よく見ると、アリクイの指先には黒々とした爪が生えている。

「知ってるぞ。その爪で蟻塚《ありづか》をほじくってアリを喰うんだろ」

「ぼくはアリなんて食べませんよ！」

突然アリクイが振り返り、両手を広げて仁王立ちした。

「だって全然おいしくないんです！　なのにどこの国でも、みんながぼくに食べさせようとするんですよ！　ぼくはそんなにアリを食べたそうな顔をしてますか？」

「い、いや悪かった。偏見だった」

表情がないので迫力はないが、なにか逆らえない雰囲気がある。

「こちらこそすみません。本当においしくないのでつい……」

アリクイが申し訳なさそうに、爪先でこりこりと流しの脚を削った。

なんとも間の抜けた一幕に、俺は笑いをかみ殺す。

「お茶が入りました。マテ茶です」

南米の国のものらしい。妙な味だが悪くなかった。

「あの、師匠の作品を見せてもらえませんか」

「ぶっ……誰が師匠だ！」

出し抜けな呼びかたに、思わず茶をふきだす。

「一級印章彫刻技能士のかたを、なんと呼べばいいのかわからないので」

アリクイが壁に貼られた免状を爪でさした。

「あのな、ハンコ屋は落語家じゃねぇんだよ。弟子でもないやつが、勝手に師匠なんて呼ぶんじゃねぇ。有久井でいい、有久井で」

「でも、ぼくもアリクイですし」

確かにそうだ。そして俺もこいつをアリクイと呼ぶと、おかしなことになる。

「おまえ、名前はないのか」

「ないみたいです」

「なんて呼ばれてた……って聞くだけ野暮か」

　どうせアリクイだ。ややこしいったらない。

「もういい。好きなように呼んでくれ。ついでにハンコが見たきゃ、そこらに二本ほど転がってるから勝手にしろ」

　そう言うと、アリクイは「失礼します」と作業場に上がりこんだ。

　茶をすすりながら、いつの間にかポンチョを脱いでいた背中を見る。

　全体的には白い毛が生えているが、肩から尻にかけてエプロンじみた茶色い模様があった。毛並みは完全に動物のそれだが、妙な人間くささがある。

　おかげで常識外れの存在と、俺は普通に茶を飲む有様だ。

「職人さんが彫ったハンコというのは、すごいものですね」

　手に取った柘の印章をしげしげ見つめ、アリクイが言った。

「人間ですら価値がわからねぇものを、動物風情になにがわかる」

「価値はわかりません。でもこのハンコは、とても芸術的です」

「芸術ときたか」

　俺は苦笑した。素人はみんなそう言う。見ているのは印材そのものの美しさだ。

「教えてやる。印材を丸く削ってハンコの形に仕上げてるのは俺じゃない。工場の旋盤やら研磨機だ」

「でもそれを操っているのも、職人さんの仕事ですよね」

「まあそうだが……なにが言いたい」

「寸分違わず同じものを作る技術もすごいと思います。でもぼくは、このハンコが彫られた面を見て、人が彫刻することの魅力を感じました。この人のお名前は、『宮前譲』さんで合ってますか？」

「……ああ、そうだ」

少々感心した。篆刻体はさらりと読めない人間が多い。

「この二本の宮前さんは同じ字体なのに、受ける印象がまったく違います。押して比べてみてもいいですか？」

本来なら、売り払った宮前譲のハンコは店にない。それが存在する理由は、まさしくいまアリクイが言ったことに起因する。印面を見ただけでそれに気づくとは、なかなか面白いやつだ。

「印影を見比べる気なら、印褥《いんじょく》と印矩《いんく》を使って捺《お》せ」

俺は印箋と一緒に道具を渡してやった。印褥は印を捺しやすくするために布を貼った台。印矩はT字型の定規みたいなものだ。印影を並べて比較するときはそれなりに役に立つ。

使い方は説明しなかったが、おおよその見当はつけたようだ。アリクイが短い手を駆使して、二本を印箋に捺印《なついん》する。

「ああやっぱり。こっちの宮前さんはものすごく力強いです。人生の荒波に立ち向かっていく感じでしょうか。比べてこちらの宮前さんは、とても静謐《せいひつ》です。けれど心に情熱を秘めていて、遠い宿願まで着実に歩いていくような印象があります」

俺みたいな人間にも感情はある。客にいいものを渡してやりたいと思うのは当たり前だ。

宮前譲は教師だと言うが、別の夢を抱えているのは目を見てわかった。捨てきれなかった未練じゃない。そう俺が感じたのだから、彫刻にも出る。

「書画のような美しさを、描くのではなく削る芸術。人の心を印材に彫りこむ、神聖な仕事。それが、印章彫刻なんですね」

「そ、そんなおおげさなもんじゃねぇよ」

「いつもこんな風に、何本も彫るものなんですか」

「普段は試し彫りなんざするか。ここはもうすぐたたむ店だ。材料を余らせるのも忍びねぇし、宮前には高い印材を押しつけたからサービスみてぇなもんだ」

最後の仕事の前に、自分の腕を確かめたかったというのもある。

「えっ。有久井印房は、もう閉めてしまうんですか？」

「そう言った。理由はこの店を見て察してくれ」

「跡継ぎの学さんが、亡くなったからですね……」

「全然ちげぇよ！　客がこねぇからだ！　あと学はまだ死んじゃいねぇ！」

「師匠、ぼくを弟子にしてください」

「だから師匠じゃねぇ！　この店はたたむつってんだろ！」

「でも、このハンコはとても素晴らしいものです。終わらせてしまうのはもったいないですよ！」

眉もないくせに、アリクイの表情が凛としている。

メガネの奥で瞳を燃やしていた、学の顔が重なる。

「……アリクイにハンコなんざ彫れるわけがねぇ。だがこれも縁だ。行く当てがないってんなら置いてやる。店をたたむまではな」

俺の家は西口商店街の向こうにある。しかし操が死んでからは帰るのが億劫《おっくう》で、店の二階に寝泊まりしていた。こいつが暮らすには十分だろう。

ついでにしゃべるアリクイをペットにするのも、あの世でいい土産話になる。酔っ払いなら酔狂をしてなんぼだ。

俺はそのくらいに思っていたが、とかく人生というやつはままならない。

3

「聞いたぜ大ちゃん。最近『かわいい』弟子を取ったんだって?」

立ち飲み屋の親父が、うれしそうにビールを出してくる。

季節はそろそろ秋だ。学がいなくなって一年。

代わりにアリクイが現れてからは、一ヶ月ほどが経っている。

「そんなんじゃねえ。ただの店番だ」

最初は店番だってさせるつもりはなかった。おおらかな外国は知らないが、日本じゃしゃべるアリクイは妖怪変化《ようかいへんげ》だ。そんなやつを表に出して、後ろ指をさされるような目に遭うのはごめんだ。

なのに当のアリクイ野郎が、朝っぱらから店の前をほうきで掃きだした。

おまけに「おはようございます」なんて近所と挨拶をかわしやがる。

俺は急いで店に連れ戻したが、意外にも近所の評判はよかった。

あいつは「かわいい」らしい。

乾物屋のババアなんてすっかり入れあげて、いまじゃ毎朝まんじゅうやら羊羹《ようかん》やらの甘いものを与えている。しまいにはアリクイのことを「学」と呼ぶ始末だ。

息子の名前で呼ぶなと抗議すると、ババアは平然とした顔で返す。

「あのねぇ、有久井さん。あたしは『まなぶちゃん』を、『学ちゃん』の生まれ変わりだなんて思ってないわよ。ただ『まなぶちゃん』は『まなぶちゃん』って顔をしているんだから、しょうがないでしょ」

最初はなにを言っているのかわからなかったが、どうやらババアは、アリクイのことは『まなぶ』とひらがなで呼んでいるつもりらしい。

当のアリクイは俺を思ってか当惑していた。しかし否定するにも名前がない。

そのうち誰もがあいつを、『有久井さんとこのまなぶちゃん』と呼び始めた。

「だからよ、大ちゃん。今度こそがんばんなよ。学ちゃんはいなくても、あんたにゃ弟子がいるんだから。みんな応援してるぜ」

ババアが余計なことを言ったのか、巷《ちまた》じゃ俺が後継者を育てているなんて話になっていた。

すると不思議なことに、ほうぼうから仕事が舞いこんでくる。ハンコの需要が増えたなんてことはないから、陰で宣伝してくれたやつがいるんだろう。

おかげでつぶれかけていた店に、『最後の客』が毎日きやがる有様だ。さすがに手が回らねぇってことで、アリクイにも色々小間使いをさせている。

こうして俺が酒を飲んでいる間も、あいつは作業場で彫刻しているはずだ。かつての学に似て、アリクイのやつも教えずとも俺の仕事を見ている。

「大ちゃん、今日は新潟のいい酒が入ってるんだ。飲んでくかい？」

俺は店の時計を見た。午後七時だ。

「へっ。どうせ水で薄めた酒でぶったくる気だろ。いらねぇよ」

ポケットから小銭を出し、カウンターに並べる。

「おうおう、お早いお帰りで。弟子が心配で尻が落ち着かないってか？」

「椅子のある店を出してから言えってんだ。仕事だ仕事」

「いいねぇ。人間ってのは、楽しいことがないとだめなんだ。俺たちの場合はやっぱ仕事だよ。俺は、ちゃんと仕事してるいまの大ちゃんが好きだぜ」

「気色悪ぃ。ケツの穴から印刀ぶっさして、奥歯に戒名《かいみょう》彫ってやる」

「おうよ。またきてくんな」

どいつもこいつも浮かれやがって。

俺は厄払いをするつもりで夕子神社へ向かい、賽銭箱へ五円を放りこんだ。

自分の知らないところで応援されるのは妙な気分だ。ありがた迷惑とは言わないまでも、こそばゆいのは間違いない。

だが最近は、毎日があっという間に終わっていく。

楽しいかと言われたら、まあ退屈はしていない。心を入れ替えたつもりなどないのに、人生が勝手にいいほうへ転がった感じだ。

転がしたのは藤丘か。それとも乾物屋のババアか、立ち飲み屋の親父か。

あるいは学や操かもしれないし、俺が名前も知らない誰かかもしれない。

「なんにせよ、ありがてぇよな。縁ってのはよ」

俺は縁結びの神木に手を合わせると、早足で店へ戻った。


「師匠は、レモンを搾った炭酸水がお好きですね」

柘の印面を磨きながら、アリクイが言った。

「『レモンを搾った炭酸水』じゃない。レスカだ」

飲み屋から帰ってくると、まずアリクイにこれを作らせる。

弟子に教えるのも仕事のうちだから、酔いはなるべく覚ましたい。

「でもレモンスカッシュっていうのは、普通シロップや蜂蜜が入ってますよね。ぼくは甘いほうが好きです」

「そんなんだからおまえはころころしてるんだ。ババアに餌《え》づけされやがって」

どこで覚えたのか、アリクイはひと通りの料理ができる。ひまになるとケーキやらクッキーを焼いて、飲むように食っていた。歯がないらしい。

「……すみません」

「いちいち耳を伏せて謝らなくていい。磨き終わったら印面に朱墨《しゅぼく》を塗れ。塗れと言ったが決して塗るなよ。墨はハンコみたいに捺すんだ」

「む、難しいですね」

二面硯《にめんすずり》の朱墨を筆に取り、アリクイがどうにか印面に色を乗せる。

「乾くのを待つ間に印稿を書け。今日は『有久井大』だ」

俺の言葉に、アリクイはぴたりと動きを止めた。

「どうした？　動物だから『漢字が書けません』か？」

「いえ、ぼくはちょっと目が悪いみたいで」

「そんなところまで学に似せやがって……」

まあ神に文句を言ってもしかたがない。俺も仕事の際にはメガネをかける。

昔のものを貸してやろうと物入れを漁《あさ》ると、片眼鏡《モノクル》が出てきた。俺はほとんど使わなかった、師匠の遺品だ。

「これ、すごくいいです。ぼくは普通のメガネをかけられないので」

ずり落ちるからだろう。しかし片目にモノクルをはめていると、こんなアリクイでもいっぱしの職人に見える。

とはいえ、目が悪いなら日常生活でも不便なはずだ。そのうちコンタクトレンズというやつを作らせるべきかもしれない。

「見えるようになったなら書いてみろ。四字は割りつけしやすいはずだ」

ときどき目にはめたモノクルを落として慌てつつ、アリクイは印稿を仕上げた。

その後は朱を塗った印面に、左右反転した文字を黒墨で書きこんでいく。

「師匠、できました」

「二時間かかってな。そんなんできたって言わねぇんだよ。五分でやれ」

適当に終わらせろと言っているわけじゃない。丁寧に仕事をするのは悪いことじゃないが、印章彫刻で一番時間がかかるのはこの先の「荒彫り」だ。家で言ったら基礎工事に似た仕事で、ここにかけた手間暇がハンコの質を決める。

慣れればスピンドルという道具を使う場合もあるが、見習いのうちは手で覚えてなんぼだ。荒彫り用の印刀で指をこかして、俺たちは一人前になる。

だがこいつは普通の見習いじゃない。アリクイの見習いだ。

「師匠、荒彫りは難しいですね」

「手先で彫ろうとするからだ」

「でも、ぼくは指先で彫っているわけですし」

こいつは器用に印刀を使うこともできるが、自分自身に鋭い爪が備わっている。先端を少し細くしてやったら、チタンですらこりこり削れるようになった。人間のように道具をはさんでいない分、感覚がつかみやすいのか上達も早い。

「そういう意味じゃねぇよ。彫る方向は常に一定にしろ。そうなるように、自分じゃなくて篆刻台のほうを回せ」

荒彫りに時間をかけ、また印面を整えたら、ようやく仕上げ彫りだ。

「印章彫刻はものすごくたいへんですけど、とても面白いです」

「蟻塚を掘るみたいだからか？」

「違いますよ！　ずっとお客さんの名前に向き合っているから、その人に親近感が湧くような感じです」

そういう面はある。だからいまアリクイに彫らせているのは、俺や乾物屋のババアの名前ばかりだ。人を知らなければ印は彫れない。

そう考えると、学にはハンコを彫らせてやるべきだったと後悔が募る。人を応援しようという気があるあいつは、俺なんかよりよっぽどハンコ屋に向いていた。儲からずに苦労するだろうが、悪くないハンコ屋になったはずだ。

「ぼくは、もっとハンコのことを勉強したいです。師匠が彫ったほかの作品はありませんか？」

「ねえよ。彫ったものは全部売っちまう。宮前譲は例外だ」

言ってから、ひとつだけ身近にあると気づく。

次の朝、俺はアリクイを伴って夕子神社へ参拝した。

「すごい……まさに芸術です」

御朱印帳に捺してもらった印を見て、アリクイが固まっている。言葉では感動しているようだが、こいつは表情がないのでどこか滑稽だ。

「すごくねぇよ。駄作だ駄作」

久しぶりに見て、心の底からそう思う。

若いうちはこういうことがよくあった。夜に満足した仕事でも、朝になると不出来に悶絶《もんぜつ》することがある。客に頼んで彫り直させてもらったことも、一度や二度や三度じゃない。

だが、ここ十年でそう感じたことはなかった。俺は自分の印を見ていなかった。

「ここまでのハンコを彫るには、どのくらいかかりますか」

「三十年だな」

技術という意味では、この印が間違いなく俺の集大成だろう。

だがいまなら、もっといいものが彫れる。久しぶりに見て、そう気づいた。

「先は長いですね。でもぼくは、ハンコを彫ってみたいと思います」

印鑑という字は、印を鑑《かんが》みると書く。つまりは鏡を見るように、自分を紙に移したものが印鑑だ。客は印影で自分の背中を見る。

しかるに、俺たちは人を彫っているということだ。

俺たちは人生を写し取るように、印材に人間を刻みつける。

そんな職人が自分を鑑みるためには、自分が彫ったものを見るしかない。

「ああ、先は長い。そう気づいてからが、またながげぇんだ」

それからの数年は、時間がゆっくりと流れた。

俺とアリクイは互いに説教し、威嚇し、毎日ハンコを彫り続けた。

いつしか俺はあいつを「まなぶ」と呼ぶようになり、あいつも息子のように俺の暮らしに世話を焼いた。

俺たちを見て、「本当の親子みたいね」と、乾物屋のばあさんは笑った。だからばあさんの月命日になると、俺は「親子じゃねぇよ」と甘いものを供えている。

だがそんな生活も、今日で終わりだ。

「この店は今日で終《しま》いだ。おまえも一人前だ。あとはひとりでやっていけ」

まなぶに言って、俺は店の壁に目をやった。ひび割れを隠したポスターの隣に、俺の免状と並んで「有久井まなぶ」のものがある。

「自信がありません。師匠がいないと、まだわからないことだらけですし」

まなぶが悲しむように耳を伏せた。

引退するにはまだ早い歳だが、もう俺がこの店でやるべきことはない。

最後の仕事として夕子神社の印も彫り直したし、借金はあらかた返している。あとはひとりで細々と、自宅で注文仕事を受けるだけでいい。

「最初はみんなそんなもんだ。だが俺も鬼じゃない。かわいい弟子に、最初のお膳立てくらいはしてやる。ついてこい」

俺は学を連れて夕子神社へ向かった。ふたりで神木に手を合わせ、そのまま見晴用水を下っていく。

「春だな。俺もこの桜をあと何回見られるか」

狭い水面を覆うように、七分咲きの桜が枝垂れている。

現段階で、俺は六十回と少しこの桜を見た。うちの半分は操と一緒だ。学はそれに少し足りない。

「不吉なこと言わないでくださいよ。まだまだお元気じゃないですか」

まなぶはそう言うが、自分の体は自分が一番よく知っている。一度は死神に見放されたが、長く続いた不摂生は確実に俺を蝕んでいるはずだ。桜と違い、人の狂い咲きはそうあるものじゃない。

そういう意味でも、店をたたむ潮時だったんだろう。

とはいえ、別に有久井印房がなくなるわけじゃない。

「ここが、今日からおまえの店だ」

喫茶　アンティータ

商店街の終わりと用水路が交錯する場所に、その店は建っている。

かつて学が営んでいたこじゃれた喫茶は、いまも細々と続いている。

「よう。やっと連れてこれたぜ」

俺は店のドアを開け、雇われ店主に挨拶した。

「お待ちしておりました。店長代理の藤丘です」

藤丘が頭を下げると、学がえっと驚いて固まる。

俺は二度と会わないと思っていたが、藤丘はしょっちゅう店に顔を見せにきた。学とも顔見知りになり、いつも俺の知らないコーヒーの話で盛り上がっている。

「藤丘さんは、こんなところでお店をやっていたんですね」

「僕はただの店番です。ここの店長は友人の学くんでした」

「学さんの……」

「そして今日からは、まなぶくんが店長です」

帰国後の別れ際、藤丘はこの店の留守を任せてくれと言ってきた。

大家である一寸堂の主人とは、自分で話をつけたらしい。おかげで一年ほど閉めていただけで、アンティータはいまも営業している。

「悪かったな、藤丘。長いこと店を任せちまって」

「いいえ。おかげで僕もやりたいことが見つかりました。近いうち田舎に帰ります」

この歳になるとそうそうないが、俺は藤丘に右手を差しだした。

藤丘は学の友人だ。本来俺とはなんの関係もない人間だが、夕子神社の神木が縁を結んでくれた。

それが藤丘にとってもいい縁だったなら、こんなにうれしいことはない。

「ま、待ってください。ぼくがこのお店の店長になるんですか？」

まなぶがパタパタと両手を振って自分の存在を主張する。

「もともと学が帰ってくるまでという話だったんだ。あいつが帰ってこなかったんだから、おまえがここの店長になるのがスジってもんだろう」

「でも、ぼくはアリクイですし」

「人の言葉をしゃべってコーヒーの味がわかるんだ。なんの問題もないだろ。今日からしばらく、藤丘の下で働け」

「でも、ぼくはやっとハンコを彫れるようになったばかりで……」

「デモデモうるせぇ！　誰も彫刻をやめろとは言ってねぇだろ」

たぶんきょとんとしているんだろう。まなぶは無表情に俺を見上げている。

「職人ってのは、ひとつのことだけやってたってだめなんだよ。毎朝店の前をほうきで掃け。客がきたらうまいコーヒーをいれてやれ。全部やれ。印即是縁《いんすなわちこれえん》だ。ハンコだけ彫ってるアリクイには、人なんざ一生彫れねぇぞ」

俺はずっと、職人でございってなでかいツラして商売をやっていた。機械が作った三文判とはちげぇんだと、客の話なんて聞かずにハンコを売りつけていた。いい仕事をすれば認められると、気取って世間に甘えていた。

だが商売ってのは、もともと相手の顔を見てやるものだ。

金ってのは、礼の言葉を形で受け取ってるだけだ。

変わったのは時代じゃない。

少々気づくのが遅かったが、気がつけただけマシだろう。

「……わかりました。できる限り、がんばってみます」

まなぶがつぶらな目で俺を見上げた。わかりにくいが決意のまなざしだ。

こいつは今日から店を作る。

商売をだめにした俺の反省と、だめにしたくなかった学の意志を受け継いで、コーヒーも出すハンコ屋として望口で生きていく。

それがたぶん、こいつが「帰ってきた」理由なんだろう。

世迷《よま》い言《ごと》もはなはだしいが、いまだけはそう思うことにした。

「よし。今日からここが、有久井印房だ」

4

恥ずかしい話をしよう。

いま俺は、人生で七十回と少しの桜を見ている。

いい人間は早く死に、ろくでもないやつだけが生き残る。それが世の理《ことわり》というものだ。おかげで俺は、余生を悠々自適に過ごしてきた。

夜はほどほどに酒を飲む。驚くことに、立ち飲み屋の親父はいまも現役だ。西口商店街はいくらかきれいになったが、あの店にはいまも椅子がない。それで健康になったってんなら、それこそ落語のような話だ。

残念な話もある。故郷の長野に帰った藤丘が死んだ。五十にもならずに。まなぶが行くと混乱を招くからと、葬儀には俺が参列した。藤丘の姉の話では、あいつは最後まで人生を楽しんだらしい。姉は泣きながら笑っていた。

いつだったか、長野から手紙をもらったことがある。あいつが一緒に暮らしている子どもの名前が、「学《まなぶ》」と書いてガクと読むらしい。

『名前というのは、縁そのものかもしれません』

それが学との縁を指しているのかわからないが、藤丘は死ぬまでまなぶにコーヒー豆を送り続けた。自由で律儀な男だった。

あいつはかつての妻や子どもに、多大な苦労をかけただろう。

だが最後に笑って見送られたなら、きっといい人生だったはずだ。

枝垂れ桜を横目に、見晴《みはらし》用水を下る。

見えてきたのはレンガ作りのあの店だ。緑のひさしにはこう書かれている。

有久井印房

店の前には花壇が並び、色鮮やかな花が植わっていた。ドアの脇には小さなテーブルがしつらえてあり、喫茶のメニューを書いた黒板が置いてある。『本日の手作りケーキ』なんて文字を見て、ここがハンコ屋だと思う客はいないだろう。

「いらっしゃいませ、お師匠さん」

俺がドアを開けるより早く、店の中から宇佐《うさ》が出てくる。

宇佐は二十歳そこらのバイトだが、陰でまなぶを支える実質の店長だ。学と同じく商売音痴なまなぶが店を続けていけるのは、この娘のおかげと言っていい。

「ご苦労。店はどうだ？」

「平常運転ですね。今日はちっちゃな送別会があるくらいです」

宇佐は黒板に、『※モカロール売り切れました』とウサギが謝る絵を描いた。この文言にも、こいつが頭にウサギの耳をつけた妙な格好をしているのも、色々と意味があるらしい。

「例の買収話はなくなったのか？」

店の大家である一寸堂《いっすんどう》の主人から、用地買収の話があると聞いていた。基本的には断る方向でいるが、店子《たなこ》たちの判断に任せるつもりらしい。

「おかげさまで、店は続けられそうですよ」

「そうか。よかったな」

「でもお師匠さんが懸念した通り、店長はまんまと『思秋期』になりましたね」

まなぶの年齢は不明だが、初めて会ったときから学と同じくらいの印象だった。それからもう二十年が経っている。連れ合いを失った俺や飲み屋の親父のように、藤丘の死にショックを受けて、ミッドライフなんたらに陥っても不思議ではない。

俺が指を印刀でこかしたときと同じだ。手前勝手に潮時を感じて、店を閉めるなどと言い出す可能性はある。宇佐もそれに気づいていた。

「でも縁のあるお客さまたちが励ましてくれたおかげで、店長もきちんと反対署名をしましたよ。たとえば――」

宇佐が店の中を指さす。

「あそこに座っている黒スーツの女性と、嫌味っぽいけどイケメンの男性。おふたりはご夫婦なんですが、ともに不動産関係の仕事をしています。思うところあって、別の出店地域をフードパークの業者に提案なさったとか」

ふたりとも、店でよく見る顔だった。確か女のほうは、「マヨネーズ」に似た妙な名だったと思う。

「あっちにいる大学生四人組は、駅前でゲリラ的にフードパーク反対のライブをやったみたいです。それで住民に情報が周知された節はありますね」

テーブル席には、赤い髪、金髪、鳥の巣頭、小太りという、目にうるさい四人組が座っていた。どいつもゲラゲラ笑いながら、ナポリタンをすすっている。

「なあ、それは宇佐がけしかけたのか……？」

「やだなーお師匠さん。みんなが勝手にやったんですよ。店長の人柄です」

宇佐はにっこり微笑んだ。

『大往生したいなら、知らないほうがいいこともありますよ？』

そう言われた気がして、俺は思わず目をそらした。

小娘相手に情けないが、宇佐には逆らわないほうがいい。なにかの末に言い争いになった結果、『さっきはすみません。お詫《わ》びにコーラでもいかがですか？』と、めんつゆの炭酸割りを飲まされた俺が言うんだから間違いない。

「結局、まなぶが知らないうちに問題は解決してたってことか」

「でも大事なのは、店長がお店を続けたいと思う気持ちです。亡くなった藤丘さんのコーヒーは、息子さんが一生懸命再現してくれました。それも大きかったと思いますが、一番励ましになったのは……少々お待ちくださいね」

宇佐は一番奥のテーブル席までいくと、服の袖を少しまくった。

そうしてテーブルに置いてあったタイプライターをむんずとつかむと、カウンターのほうへ歩いていく。

「今日はこの席を使うって言ってありましたよね？　鳩なんとかさんの送別会はこっちです。ちゃんと裏メニューのクリームパンドラもありますよ」

宇佐がテーブルとカウンターの間をちゃっちゃと往復すると、一羽の閑古鳥がふるっふー、ふるっふー、と抗議するように追いかけていった。

まなぶが引き寄せているのかもしれないが、この店には人語をしゃべる動物がほかにもいる。いま閑古鳥の首根をつかんでいるカピバラも、ときどきキザなセリフをしゃべることがあった。

「失礼しました。あちらが店長の励ましになった一番のお客さんです」

戻ってきた宇佐が、さっきまで閑古鳥がいたテーブルを示す。

そこには二組の家族連れが座っていた。それぞれが三、四歳くらいの女の子を連れている。そこへまなぶが「どうも」とやってきて、なにやらイラストの描かれた本をめくり始めた。

「消しゴムハンコ教室です。手前の家族のお母さんは、アンティータ時代に消しゴムハンコを教わったそうですよ。ご夫婦そろってめちゃくちゃお上手です」

娘にイラストを選ばせた母親が、慣れた手つきでゴム板をカットしている。

「学の、縁か……」

あのとき俺は、学のハンコ教室を否定した。それでもあいつは、大切な客だと言い張った。その客が、いま娘を連れてまなぶに会いにきている。

「お師匠さん。『歳を取ると涙もろくなっていけねぇな』はやめてくださいね」

「泣いてねぇよ！　学の縁がまなぶを支えていると思って、ちょっと感慨深かっただけだ」

「なに言ってるんですか。店長がみんなに愛されているのは、縁なんてまったく関係ありませんよ」

「関係ないわけないだろ。まなぶだってそう思ってる」

「わかってませんねお師匠さん」

宇佐が鼻で笑う。

「店長が愛されているのは、かわいいからです」

「……は？」

「それが一番大事なことですよ。じゃ、わたしは呼ばれたんで行きますね」

カウンターで閑古鳥が、タイプライターをチンチン鳴らしていた。

「師匠、いらっしゃってたんですか」

立ち尽くしている俺のもとに、まなぶがひょこひょこ歩いてくる。

白いふわふわした体が、二本の足で歩行する。それだけで、店内のあちこちから黄色い声が飛んだ。

「おまえ……自分がかわいいと思っているのか？」

「え？　なんですか？」

その小首を傾げた様子に反応し、携帯のシャッターを切るやつがいる。

「……まなぶ。この店を始めて何年経った？」

「えっと……十年と、少しでしょうか。あ、カウンターへどうぞ」

こんな辺鄙《へんぴ》な場所でそこまで続けられたのは、技術と縁のおかげだろう。

そう思いたいが、現状を見ると違う気もする。

「まあ……続けていられるんだから、いいんだろうな」

席に座るとすぐにレスカが出された。今日はまだ酒を飲んでいないが、少し頭痛がするのでありがたい。

ストローを差してひとくち飲んで驚く。

冷えた炭酸水の心地よい刺激。乾きを潤すレモンの果汁。

その後にきたガムシロップの甘みが、ひりつく喉を優しくなでた。

ひとくちどころか勢いですべて飲んでしまい、俺はまなぶに尋ねる。

「……どうして甘くした？」

「最近お酒を飲んでいないようなので、こちらのほうがおいしいく感じるかと思いまして。よ、余計なお世話でしたか？」

まなぶが耳を伏せてびくびくしている。

ときどき本当に、こいつは学の生まれ変わりではないかと思うことがあった。弟子は息子も同じだから、別に間違ってはいない。ただそう思うというだけだ。

「たまには甘いのもいい。景気はどうだ？」

「アニメやゲームのキャラクター名を、ハンコにする流行があるみたいです。一時的なものかもしれませんけど、うちにもぽつぽついらっしゃいます」

「なんだそりゃ。他人の名前を彫るのか？」

「はい。そのキャラクターを身近に感じたいということだと思います。ぼくもアニメの映画を見て勉強しました」

それは人を彫るとは言わない。だから俺にはできない仕事だ。

だが最終的に客を喜ばせることになるなら、まなぶには向いた仕事だろう。こいつは俺以上に縁を尊び、心をこめて客に応じる。

言うならば、応縁《おうえん》だ。

「師匠。今日はなにかご用件ですか」

「ああ。ふたつある。ひとつは夕子神社の御朱印だ。最近のブームのせいで、予想より早く摩耗したらしい。おまえが新しいものを彫れ」

「む、無理ですよ！　ぼくはハンコを彫り始めてまだ三十年も経ってません」

「俺があのハンコを彫ったのが三十年目ってだけだ。十年そこらのときにだって、ほかの寺社の注文は受けてる。おまえはむしろ遅いくらいだ」

「でも……」

まなぶが遠慮しているのは、俺に対してだろう。

「彫っちゃえばいいじゃないですか。店長の夢だったんでしょう？」

「喫茶店で頼むレモンスカッシュは、飲む前と飲んだ後で印象が百八十度変わる飲み物さ。似ていると思わないかい？　人生に」

「ふるっふー」

店の従業員と常連が、口々にまなぶを励ました。そんなにたいしたことではないのだが、ほかの客も代わる代わるまなぶに声援を送る。

「……わかりました。やってみます」

少しだけ凛々《りり》しい雰囲気をかもし出すまなぶを、また客たちが携帯を片手に取り囲んだ。こいつはきっと、これでいいんだろう。

「ところで師匠。もうひとつの用事はなんですか？」

有久井印房は、俺の時代よりずっといいハンコ屋になった。まともに仕事をしていない時期もあるが、通算すれば創業五十年になる。

さっきのまなぶの話によれば、ハンコという文化だってまだまだ消えるわけじゃない。それを必要とする人間はいる。

閉店の危機を回避したいま、この店はしばらくは望口にあり続けるはずだ。

だがそのためには、問題がひとつある。

「まなぶ。嫁さんはまだ見つからんのか？」

まなぶは少なくとも二十年以上は生きている。ミナミコアリクイの寿命がどのくらいかは知らないが、人で言えば適齢期はとうに過ぎているだろう。

もちろん期待はしていない。昨今は「孫の顔を見せろ」などと言えば煙たがられると知っている。

だが師匠は親も同然なのだから、心配くらいはしていいはずだ。操も乾物屋のばあさんも去ったいま、この手の話をする役目は俺以外にない。

「それは……」

まなぶはしばらく口ごもっていたが、やがて決心したように俺を見る。

「そのことなんですが、近々師匠に紹介したい人がいます」

俺を筆頭に、店にいた全員が口を揃《そろ》えた。

「人っ⁉」

あとがき

ありがたいことに、本書は『アリクイのいんぼう』シリーズの三冊目である。最終話で有久井《ありくい》氏から爆弾発言が飛びだしたことからわかるように、印房面々の物語はまだまだ続いていくであろう。

しかし残念ながら、吾輩《わがはい》はそれを綴《つづ》ることができない。作中でも送別会など催してもらったが、のっぴきならない事情で帰国することになったのだ。

申し訳ない限りであるが、ひとまずは謝辞に移らせていただこう。

今回も出演を快諾してくれた印房の面々、そして常連客にお礼を申し上げたい。特に「師匠」こと有久井大《まさる》氏には、酒の席でおおいに語っていただいた。

続いて編集氏だが、今回より担当が二名になった。ダメ出し二倍である。「豆鉄砲で撃たれたような」でおなじみだが、ハトのメンタルは弱い。宇佐《うさ》嬢にはバイトと偽ったが、実際は落ちこむ姿をかぴおに見られたくなくて海を眺めていた。

とはいえ、編集部にはこちらも相当無理なスケジュールを押しつけている。つまりはお互いさまである。やはり担当両氏には感謝しかない。

イラストは、此度《こたび》も佐々木《ささき》よしゆき氏に担当いただいた。本シリーズが三冊も世に出る運びとなったのは、ひとえに氏のイラストのおかげである。

氏の描く有久井氏の表紙を見て、「ジャケ買い」をした読者は多いと聞く。吾輩は見たものを綴ったに過ぎないが、物語を読者へ届けたのは間違いなく佐々木氏であろう。心よりのお礼を申し上げたい。

最後に読者諸氏へ。いずれハンコを作る機会があれば、ぜひとも印章店を訪れていただきたい。そこに有久井氏がいればなおいいが、そうでなくともあなたがハンコに触れるだけで氏は喜びを感じるだろう。そういうアリクイである。

さて。吾輩はかぴおとの決着もつけねばならないし、有久井氏の交際相手だって気になる。謎解きを愛するパン屋の少女にも格別の興味が湧いた。

やり残したことは多い。後《うし》ろ羽《ばね》を引かれる思いである。しかし親父殿の跡目を巡って、英国にいるカッコーの兄弟たちが抗争を始めたのだからしかたがない。

だが吾輩はブンシバトである。生業《なりわい》は小説家である。

いざというときは文字通り飛んで帰ってきて、嘴《くちばし》で物語を紡ごう。

それまでは、しばしさらばである。

ジョナサン・ハートミンスター

本書は書き下ろしです。

◇◇メディアワークス文庫

アリクイのいんぼう

魔女《まじょ》と魔法《まほう》のモカロールと消《け》しハン

鳩見《はとみ》すた

2018年8月25日　初版発行
2025年6月15日　3版発行

発行者　山下直久
発行　株式会社KADOKAWA
〒102-8177　東京都千代田区富士見2-13-3
0570-002-301（ナビダイヤル）
装丁者　渡辺宏一（有限会社ニイナナニイゴオ）
印刷　株式会社KADOKAWA
製本　株式会社KADOKAWA

●お問い合わせ
https://www.kadokawa.co.jp/（「お問い合わせ」へお進みください）
※内容によっては、お答えできない場合があります。
※サポートは日本国内のみとさせていただきます。
※Japanese text only

※定価はカバーに表示してあります。

Printed in Japan
ISBN978-4-04-893953-9 C0193

メディアワークス文庫　https://mwbunko.com/

本書に対するご意見、ご感想をお寄せください。

あて先
〒102-8177　東京都千代田区富士見2-13-3
メディアワークス文庫編集部
「鳩見すた先生」係

◆◇◇